www.tredition.de

AF177382

Michael Grauer-Brecht

WeltenBand

Wiedersehen im Goldenen Zeitalter

www.tredition.de

© 2017 Michael Grauer-Brecht
Lektorat, Korrektorat: Dr. Matthias Feldbaum

Herausgeber: ELYAH Team e.V.
Weitere Informationen unter www.elyah.net

Verlag und Druck: tredition GmbH
Grindelallee 188, 20144 Hamburg

ISBN
Paperback: 978-3-7439-4228-2
E-Book: 978-3-7439-4290-5

Bibliografische Information der Deutschen Nationalbibliothek: Die Deutsche Nationalbibliothek verzeichnet diese Publikation in der Deutschen Nationalbibliografie; detaillierte bibliografische Daten sind im Internet über http://dnb.d-nb.de abrufbar.

Vorwort

Liebe Leserinnen, lieber Leser,

da ist er nun, der Folgeband des Buches *SternenMensch*. Ich fühlte mich gedrängt, den zweiten Band möglichst schnell niederzuschreiben.

Er führt die Geschichte der Protagonisten in den versunkenen mystischen atlantischen Welten des ersten Bandes weiter. Er taucht in das Geschehen um den atlantischen Schöpfungsmythos und die damit verbundenen Konflikte ein. Lassen sie sich in außergewöhnliche Fantasien entführen und Lösungsansätze aufzeigen. Auch an Spannung wird es in diesem Band nicht fehlen.

Wieder waren wir ein atlantisches Kleeblatt, dem ich dieses Buch widme. Karin, Michael, René und ich tauchten gemeinsam in die geheime Welt von Atlantis ein; Weggefährten auf dem Pfad zu neuem Bewusstsein, alternativer Lebensweise und Spiritualität.

Nun bleibt es mir nur noch, meinem Team zu danken, das die Bücher mit korrigierte. Ich danke den Lektoren und allen Menschen, die an der Produktion der beiden Bände beteiligt waren!

Herzlichst
Ihr ergebener
Michael Grauer-Brecht, Bernolsheim im Mai 2017

Kapitel 1

Die Atmosphäre im Lichtschiff war stickig und trübe. Stan lag in seiner Zelle und hörte das leise Summen der Aggregate des Antriebsystems des Lichtschiffes. Seine Reise nach Malath musste eigentlich bald vorüber sein, denn nach seinem Zeitempfinden war er eine gefühlte Ewigkeit unterwegs. Malath war nicht so weit von der Erde entfernt und somit müsste er dort bald angekommen sein.

Langsam drehte und schwenkte sich das Lichtschiff hinein in den Orbit um Malath und erwartete die Landeerlaubnis vom zentralen Bewusstsein des Planeten. Malath, ein üppig grün bewaldeter Planet, auf dem Sumpfwesen lebten, die dort eine großartige Kultur aufgebaut hatten. Von Malath kamen viele Impulse, die ins gesamte Universum der Dualität hinein gesendet wurden.

Malath steht für Wissen, steht auch für Kunst und Kultur und für die Schönheit der Seins-Ebenen jenseits der Vorstellungswelten, einen Bereich, den wir heute Fantasie nennen.

Die Landeerlaubnis wurde erteilt und das Lichtschiff setzte sanft auf der Planetenoberfläche auf, genau dort, wo sich eine große Einrichtung befand, in die Wesenheiten gebracht wurden, die sich in einem Zustand der geistigen Verwirrung oder der körperlichen Erkrankung befanden. Diese Zustände waren auch in der vergangen Zukunft durchaus bekannt, denn es ging immer wieder um das Gleichgewicht und die Harmonie aller Kräfte. Wenn dieses Gleichgewicht nicht hergestellt ist, kann ein System, egal ob körperlich oder feinstofflich in eine Reaktion gelangen, welche als Ungleichgewicht zu bewerten ist.

Stan war in solch einem Ungleichgewicht. Er wollte das Beste, doch das Beste war hier nicht erreichbar. Denn durch seine Methode brachte er auf der Erde dem atlantischen Bewusstsein ein großes Ungleichgewicht. Und das atlantische Bewusstsein musste ihn ausspucken, wie man sich nach dem Genuss einer reifen Kirsche des Steines entledigen muss. Stan war dieser Stein und somit war er jetzt auf Malath und erwartete die Dinge, die jetzt kommen sollten.

Kapitel 2

Aruna befand sich in der Halle der Prismen. Es gab heute viel zu tun.

Die Unruhen auf Atlantis waren abgeebbt und ein scheinbarer Friede war wieder hergestellt. Die Mapo-Pflanzen litten sehr unter der toxischen Reaktion der Erde, aber durch das neue Bewässerungssystem, das die Lemurianer entwickelt hatten, waren die Ernteausfälle doch nicht so hoch, wie Aruna es vermutet hatte. Somit war die Ernährung in Atlantis für diese Zeitperiode gesichert.

Selbst die Kristalle schienen heute etwas trüber zu sein als sonst. Aber Aruna verrichtete ihre Arbeit an den Kristallen mit großer Sorgfalt und Hingabe. Ich vermisse Deklet, dachte sie bei sich, als sie den jungen Seelen-Kristall eines kleinen Lemurianers liebevoll umhegte. Aber Deklet war in dieser Zeitperiode in seine Heimatwelt zurückgekehrt, um dort die Arbeit an Stan vorzubereiten, denn er verfolgte einen großen Plan. So wird Deklet auch in absehbarer Zeit nicht auf der Erde bei ihr sein können. Sie vermisste ihren Lehrer und somit kam es in ihr zu einer gewissen Traurigkeit, die sie aber durch ihre Konzentration auf ihre Arbeit und mit der Bereitung des neuen Bewusstseins für den kleinen Lemurianer, der vor wenigen Minuten das Licht der Welt erblickt hatte, hinwegfegte.

Danach ging sie eilig zu ihrem Domizil in ihrer Residenz, wo sie von einer Dienerin erwartet wurde, die ihr riet, sich doch noch ein wenig hinzulegen, denn Aruna sah sehr müde aus. Die Ereignisse der letzten Wochen und Zeitdekaden hatten sie doch sehr angestrengt. Sie gehorchte ihrer Dienerin und suchte ihr Gemach auf. Sie war nicht wenig erstaunt, als sie in das breit grinsende Gesicht von Gwen blickte, welche sich in ihrem Zimmer befand. Dies war zwischen der Dienerin und Gwen abgesprochen, denn man wollte sie überraschen. Gwen hatte dort nach alter irischen Tradition eine irische Teetafel aufgebaut und hatte sogar einen Kuchen gebacken. Dafür hatte sie extra gelernt, aus den atomaren Zusammenhängen von Atlantis auch solche Dinge wie Mehl, Butter, Eier usw. zu manifestieren. Dieses war ein sehr schwieriges Unterfangen, denn die technischen Geräte, die man benötigte, konnten nicht manifestiert werden und so musste sie sich eines Erdofens bedienen, den ihr das Zentralbewusstsein zur Verfügung gestellt hatte.

„Oh, es gibt Kuchen", jubelte Aruna. „Ich habe lange keinen Kuchen mehr gegessen und immer Mapo ist auch langweilig." Es tat gut in einer ungezwungenen Atmosphäre zusammenzusitzen. Sie schlürften ihren manifestierten Tee, aßen ihren Kuchen und unterhielten sich über eine Zukunft, die sie beide kannten, von der aber niemand in Atlantis wusste. Es tat den beiden Frauen gut, von ihren neuen alten Zeiten zu plaudern, in der sie ein völlig anderes Leben hatten, ein Leben jenseits der Vorstellungen von Atlantis.

Kapitel 3

Verschwitzt und völlig in Spielleidenschaft tobte Lea durch die Lüfte. Ein Matah-Spiel. Lange hatte sie sich dem Sport nicht hingegeben und Lea genoss es in ihrer Mannschaft den wild kreisenden Ball aus Federn durch die Luft zu jagen. Es war ein ähnliches Spiel, wie in ferner Zukunft das Volleyballspiel sein wird. Es wurde über ein Netz gespielt, nur eben dreidimensional. Die Tiefe des Raums und auch der dimensionale Raum spielten bei diesem Spiel eine wichtige Rolle. So war es wichtig, dass es auch möglich war, durch die Dimensionen zu springen, um dem Ball nachzujagen und ihn über das gegnerische Netz zu schleudern. Lea liebte dieses Spiel. Lemurianern war es eigentlich nicht möglich das Spiel zu spielen, aber sie hatte von Aruna eine Flugscheibe zur Verfügung gestellt bekommen, welche auch dimensionale Sprünge zuließ. Somit konnte sie an diesem Spiel teilnehmen. Es war für sie immer wieder eine große Freude, nach den Aufgaben der täglichen Arbeit in den Mapo-Feldern einen Ausgleich im Metah-Spiel zu finden. Die Energie dieses Spiels war sehr hoch. Solch ein Spiel wurde über sechs Stunden gespielt und somit war Lea danach auch körperlich recht erschöpft, was sie aber sehr genoss, um anschließend in den heißen Quellen der Gebirge ein Bad zu nehmen und sich danach wohlig ausgestreckt auf einem Moosbett zusammenzurollen, so wie es Lemurianer eben taten, wenn sie zur Ruhe kamen. Nun, zur Ruhe kam Lea in letzter Zeit nicht oft, das war aber auch nicht so wichtig. Denn ein Lemurianer schlief circa zwölf Stunden in einem Monat, also hatte auch sie nicht sehr viel Schlaf nötig. Sie war mittlerweile eine große Lemurianerin geworden. Durch die letzten Zeitdekaden und durch das Erleben des Fast-Zusammenbruchs des atlantischen Äons musste sie diese Energie ausgleichen und entschloss sich dies in ihr Körperwachstum zu stecken. Sie wurde zu einer großen, stattlichen Lemurianerin, die fast alle Lemurianer um einen Kopf überragte. Aus der Kleinen war jetzt eine Große geworden. Auch hat ihre Verantwortung in Lemurien zugenommen, denn sie war in den Rat von Lemuria gewählt worden. Dort war sie für die Verwaltung und die Organisation aller Agrarprojekte von ganz Atlantis zuständig und damit war sie vollends ausgelastet. So genoss sie den Ausgleich im Spiel und freute sich immer wieder, wenn sie den Ball erhaschen und ihn über das Netz der gegnerischen Mannschaft schleudern konnte.

Sie spielte gerne gegen die Shoumana, denn sie liebte es, wie die Shoumana funkelten, wenn sie sich ärgerten. Und das war für Lea immer wieder ein schöner Anblick. Ja, man kann sagen, Lea war ein kleiner Schalk, der insgeheim auch ein wenig Schadenfreude empfand, wenn sie Shoumana zum Strahlen brachte.

Kapitel 4

Von einer Eskorte von Rhianis-Bewohnern begleitet, verließ Stan das Lichtschiff und wurde zu seinem neuen Domizil für die nächste Zeit gebracht. Seine Beine schienen ihm nicht mehr wirklich zu gehorchen, was daran lag, dass man ihm zur Beruhigung und zum Ausgleich seines Systems kleine Celenit-Plättchen an die Beine geklebt hatte.

Die Rhianis waren Meister des Ausgleichs und der Heilkunst. Sie benutzten Kristalle und andere diverse Mineralien zum energetischen Ausgleich eines Systems und so wurde der Celenit eingesetzt, um ein angespanntes Nervensystem eines Humanoiden zu beruhigen.

Dies erweckte in Stan jedoch den Eindruck, dass seine Beine zentnerschwer und wie Blei wären und er darüber seine Agilität, die ihn sonst auszeichnete, verloren hatte. Er dachte an Atlantis und innerlich an die vertane Chance. Er fühlte sich von Wesenheiten hintergangen, die ihm zuvor sehr viel bedeutet hatten. Ein großes Unverständnis machte sich in ihm breit und all das nagte an seinem Herzen und an seinen Empfindungen. Er spürte, wie in ihm Groll aufstieg. Groll darüber, dass man seine Vorgehensweisen und Sichtweisen nicht teilte und dass man ihn, so wie er es empfand, hintergangen hatte und ihn hier auf diesem gottverlassenen Planeten Malath entsorgt hatte.

Stan und sein Gefolge, welches ihm Aruna zusammengestellt hatte und das aus verschiedensten Wesenheiten von Atlantis bestand, erreichten das, was in den nächsten Monaten ihr Zuhause sein würde: ein riesiger Rundbau, gelegen in einer Waldlichtung, umgeben von einem träge fließenden Fluss.

Dieses Gebäude war nur über Brücken erreichbar. Der Rundbau entsprang den architektonischen Vorstellungen der Ottus und war aus reinem Naturstein. Das Innere des Gebäudes war sehr hell und licht gestaltet. Die Einrichtung war spärlich, aber elegant und alles Notwendige war vorhanden.

Stan ertappte sich bei dem Gedanken, dass Aruna alles perfekt vorbereitet hatte. Selbst ein menschliches Badezimmer aus der Zukunft war gestaltet worden, sodass für allen menschlichen Komfort gesorgt war.

Seine Entourage bezog die für sie vorgesehenen Zimmer, in denen jedes Wesen genau das vorfand, was es in seiner Spezifikation benötigte. So gab es zum Beispiel im Rhianis-Zimmer eine Schlafstange, an die sich ein Rhianis hängen konnte, um in der Nacht zur Ruhe zu kommen. Selbst für die unterschiedlichen Atmosphären war gesorgt, nur in den Gemeinschaftsräumen gab es eine einheitliche Atmosphäre, die allen Wesen zuträglich war. Das gesamte Haus war von angemessener Größe und wurde von einem Stab von zwanzig Lemurianern betreut und versorgt. So hatte man alles für das Wohlbefinden der Reise- und Heilungsbegleiter von Stan getan und alle konnten sich um die Heilung Stans kümmern.

Nach atlantischem Wissen ist es notwendig und wichtig, dass das Umfeld für Heilung und Harmonie eine wesentliche Rolle für den Heilerfolg spielt. Nicht nur allein der Kranke steht im Mittelpunkt, sondern auch sein gesamtes Umfeld muss betrachtet, betreut und vorbereitet werden, denn darüber lenken sich Energien von Wohlbefinden und Zuversicht. Dies alles ermöglicht dem geschundenen Kranken, in sich eine emotionale Stabilisierung zu empfinden.

Behandlung und Rehabilitation sind in atlantischer Philosophie eins und können nicht voneinander getrennt werden.

Stans Zimmer war mit allem erdenklichen Komfort ausgestattet. Neben der menschlichen Schlafstätte war ein sehr großer Raum mit hohen lichtdurchfluteten Fenstern, einer weit auslaufenden halbrunden Terrasse, die mit Möbeln bestückt war. Im Zimmer befanden sich mehrere Möbelstücke und unter anderem ein riesiges Kissen, das auf dem Boden lag.

Plötzlich spürte Stan an seinem Bein einen Stoß. Er dreht sich um und dort stand seine marsianische Katze, die er, als er auf den Lichtkriegerschulen des Mars war, betreute. Jetzt wusste er, wofür das Kissen auf dem Boden war. Er war sehr erfreut darüber, etwas Vertrautes aus seiner alten Zeit hier auf Malath vorzufinden und ein Lächeln huschte über sein Gesicht.

Kapitel 5

Wohlig strich sich Deklet mit seiner großen Pranke über seinen Drachenbauch. Er hatte einiges an Energien zu sich genommen und war nun gesättigt. Morgen würde er aufbrechen, um mit der Heilarbeit für Stan zu beginnen. Nach Malath wird ihn sein Weg führen und so genoss er seine letzten freien Stunden in seiner Heimatwelt. Er nahm sich vor, noch einen kleinen Ausflug zu machen, um in den Bergen von Sydor an seinen Flugkünsten ein wenig zu feilen, denn er stellte auf der Erde fest, dass er bei warmen thermischen Winden in Gebirgen leichte Stabilisierungsprobleme hatte. Er wollte doch so gerne bei seinen Flugkünsten bewundert werden und nicht wie eine angeschossene Ente durch die Luft taumeln. Er grunzte zufrieden und ein Licht erfüllte seine Behausung.

Mitten im Raum erschien eine leuchtende Kugel und Deklet sagte: „Grüß dich, alter Freund. Da hast du aber Glück, dass du mich hier noch antriffst."

„Sei gegrüßt", erwiderte Metatron, „ich überbringe dir eine Botschaft von Seraphis Bey, der sich dafür entschuldigt, nicht persönlich in seinem Fokus als Melchisedek hier bei dir zu erscheinen. Er bittet mich, dir auszurichten, dass er sich auf dem Weg nach Malath befindet, um dort seinem ehemaligen Schüler Stan mit Rat und Hilfe zur Seite zu stehen. Meine Botschaft enthält auch den Aspekt dir mitzuteilen, dass er eine direkte Verbindung zu Stans Geburtskristall geschlossen hat, um gegebenenfalls Stans Bewusstsein nach dem Plan einer atlantischen Veränderung neu zu programmieren."

Metatron entbot seinen Gruß und das Leuchten in Deklets Wohnhöhle verlosch. Deklet wusste und ahnte nun im Ansatz, was Seraphis Bey vorhatte. Seufzend ging er zum Ausgang, breitete seine Schwingen aus und hob ab in Richtung Berge.

Kapitel 6

Der große Regen kam und wässerte ganz Atlantis. Es schien so, als wollte die ganze Erde zu einer Wasserwüste werden. Die Medien hatten diese Wolkenbrüche vorausgesagt und alle Jahreszyklen wieder schüttete die Natur die Segnungen des Wassers über Atlantis aus. So auch über die kleine lemurianische Siedlung, in der Lea zu Hause war.

Sie saß mit einigen Lemurianern zusammen in ihrem Wohnhaus, wo sie Pflanzenstiele der Mapo-Pflanzen öffneten, die sie zuvor geerntet hatten. Aus den Stängeln lösten sie jene begehrten Fasern heraus, aus denen Mapo-Seide hergestellt wurde, die eine Kostbarkeit in Lemurien darstellte und für besonders festliche Kleidung verwendet werden konnte. Die Lemurianer des Rates trugen diese Art Kleidung, wenn sie in den Haupttempel von Mu schritten, um dort das schlagende Herz der Erde zu besingen. Es war sehr aufwendig, diese Pflanzenseide herzustellen, aber Lea tat dies schon seit sie Kind war und so war sie in deren Verarbeitung geübt. Auf den großen Webeinrichtungen der Rhianis wurde alles dann weiterverarbeitet.

„Der Regen scheint überhaupt nicht aufzuhören zu wollen", amüsierte sich Gwen, die es sich bei Lea gemütlich gemacht hatte, um ihr von ihrer Teestunde mit Aruna zu berichten.

„Die letzten Wochen haben uns alle etwas mitgenommen", sagte Gwen, „und ich bin froh, wenn in absehbarer Zeit etwas Ruhe in Atlantis einkehrt. Ich freue mich darauf, meine Studien bezüglich der unterschiedlichen Völker in Atlantis fortsetzen zu können."

Lea erwiderte ihr, dass sie es auch genösse, bei diesen einfachen handwerklichen Tätigkeiten zu sein, die es erlaubten, den Gedanken ohne jegliche Zensur freien Lauf zu lassen.

Sie lauschten dem Aufbrechen der Mapo-Stängel und in Leas Zuhause breitete sich eine gemütliche Atmosphäre aus.

Dann klopfte es an der Tür und schlagartig schien sich die gemütliche Atmosphäre in Rauch aufzulösen, als sie sahen, dass ein Bote des Löwenthrons mit einer Botschaft an den Ältestenrat von Lemurien eintrat.

Lea erhob sich und entbot dem Boten ihren Gruß, der sich anschließend, dem atlantischen Protokoll folgend, freundlich verneigte und ihren Gruß erwiderte. „Der Löwenthron entbietet Euch seine Grüße und er bittet Euch höflichst in der zweiten Stunde nach Untergang des Zentralgestirns in der Vorhalle der Pyramide zu erscheinen. Es gibt eine außergewöhnliche Sitzung der Räte von Atlantis unter Leitung des Löwenthrons. Um Euer Erscheinen wird höflich gebeten."

Nach dem Austausch der Grußenergie, welche über das Herz gegeben wurde, verabschiedete sich der Bote und Lea wandte sich an Gwen und sagte zu ihr: „Vorbei mit der Gemütlichkeit. Die Pflicht ruft!"

Gwen streckte sich noch ein bisschen aus, lächelte und neckte Lea: „Na dann kann ich das Ausruhen für dich mit übernehmen." Lea ging in ihr Schlafzimmer, um sich für das abendliche Treffen umzuziehen.

Stimmengewirr erfüllte die große Halle, als Lea den Raum der Besprechung betrat. Alle waren sie da, die Abgesandten der Völker von Atlantis, die zwölf Medien und auch einige ihrer Höflinge. Diener gingen umher und verteilten Pakash-

Nektar in kristallenen Gläsern. Nach und nach nahmen die Teilnehmer der Besprechung auf am Boden liegenden großen Kissen Platz. Die Medien von Atlantis setzten sich auf ihre bereitgestellten Steinthronen in der großen Halle.

Alle starrten gebannt auf das Medium des Löwenthrons, das in einer magentafarbenen Robe sehr Ehrfurcht gebietend und massiv auf seinem Thron Platz genommen hatte.

Es begann zu sprechen:

„Liebe Bewohner von Atlantis. Aus den Weiten des Sternenfeldes Löwe mit dem Strahlenkranz des Segens von Regulus entbiete ich Euch den Gruß der Sterne und segne Euch." Die versammelte Menge neigte bei diesen Worten kurz den Kopf. „Die Kristalle des kristallinen Meeres haben aufgrund ihrer Schwingung, die sie seit Jahrtausenden aus den verschiedensten Sternenebenen empfangen, begonnen zu mutieren. Seit der großen Manipulation durch Stan haben sie ihren Strahlenkranz verändert und auch die Energie des Seelenspiegels mutierte.

Diese Strahlen bedurften einer gezielten Beobachtung und ich möchte euch am heutigen Abend über das Ergebnis meiner Beobachtung informieren. Die Harmonie aller Völker von Atlantis ist in unserer bisherigen Form nicht mehr lange aufrechtzuerhalten. Das Gleichgewicht der Kräfte wurde massiv gestört. Auch die Kristalle des kristallinen Meeres geben in ihrem Glühen Anlass zur Besorgnis. Deshalb rufe ich ein Konzil ein! Die Teilnehmer dieses Konzils sind alle hier versammelten Wesenheiten in diesem Raum. In diesem Konzil gilt es eine Vision zu entwickeln, wie ein friedliches Dasein und Leben auf diesem Planeten in seiner Mannigfaltigkeit gewährleistet werden kann. So möchte ich, dass dieses Konzil binnen sieben Tageszyklen, von heute an gerechnet, im Tempel des Rückzugs auf dem Trabanten unseres Planeten durchgeführt wird. Der Tempel und seine Gästeräume werden bereits hergestellt und vorbereitet, um uns alle zu empfangen."

Der Löwenthron hatte seine Rede beendet und eine Stille erfüllte die Halle. Ein gemeinsames Konzil aller Völker zählte zu den absoluten Notmaßnahmen und hatte über mehrere Generationen nicht mehr stattgefunden. Die Stille war eine Stille des Erstaunens, denn alle waren der Ansicht, dass die große Krise, die Stan verursacht hatte, im Abklingen begriffen war und dass Heilung bereits Raum genommen hatte im gesamten Atlantis. Doch laut der Aussage des Mediums muss es eine beeindruckende Veränderung in der Strahlung der Kristalle gegeben haben, die das Gleichgewicht auf diesem Planeten repräsentierte. Schweigend erhob sich die Menge und die Medien zogen sich zur Beratung in die Pyramide von Poseidonis zurück. Sie hinterließen eine etwas ratlose und aufgewühlte Gemeinschaft von Wesenheiten. Nun würden sie weitersehen, in sieben Tagen auf dem Mond.

Kapitel 7

Stan versuchte, sich mit der Situation in seinem neuen Domizil anzufreunden, was ihm genauso wenig gelang, wie seine Habseligkeiten in dem spärlich eingerichteten Zimmer zu verstauen. Er wurde durch einen Rhianis unterbrochen, der hineintrat und ihm mitteilte, dass Deklet am nächsten Morgen eintreffen würde und dass dann sein eigentlicher Behandlungszyklus hier auf Malath beginnen würde.

Versonnen starrte Stan auf seine Katze, die sich auf dem Kissen rekelte und es sich gemütlich gemacht hatte, um die letzten Sonnenstrahlen des Tages in ihrem Fell aufzufangen. Ob diese Katze hier jagen kann, wusste er noch nicht, aber diese Frage wurde ihm bald beantwortet. Er sah eine Rhianis-Dienerin hereinkommen, die eine große Schüssel Antilopenfleisch vor die Katze stellte, die ein Auge aufmachte, und sich, als sie das Fleisch sah, sofort über das ihr dargebotene Futter hermachte. Nun, das wäre auch geregelt, dachte Stan und wandte sich wieder seinen Gedanken zu. Die Behandlung, die ihn erwartete, war eine Behandlung der energetischen Art aber auch eine Körperbehandlung. Er wusste genau, dass man versuchen würde, seinen Gleichmut und seine Harmonie, die er als Lichtkrieger besaß, wieder herzustellen. Nur war es Stan nicht bewusst, ob er wirklich wollte, was hier im großen Plan des Ganzen war. Er war immer noch von sich und seinem Vorhaben, die Herrschaft von Atlantis an sich zu reißen, überzeugt. Er glaubte, dass er als Einziger den Einblick in und das Urteilsvermögen über die Situation von Atlantis hatte.

Mit diesen Gedanken ging er in sein Badezimmer und lies sich eine Badewanne voll Wasser ein, um sich dort ein bisschen zu entspannen und seinen Gedanken weiter folgen zu können. Doch als er ins Bad gehen wollte, klopfte es an seine Tür.

Herein trat Melchisedek, der Engel, der ihn in den Lichtkriegerschulen im Fokus des Aufgestiegenen Meisters Seraphis Bey begleitet hatte. Das Leuchten des Engels erfüllte den Raum und Stan wich, ein wenig erschrocken ob dieser Lichtpräsens, zurück.

Der Engel sprach zu ihm: „Sei gegrüßt Stan. Ich bin gekommen, um dir einen Einblick in deine Behandlung zu geben." Und Stan erwiderte den höflichen Gruß des Engels. Der Engel öffnete seine Lichthände und im Raum entstand ein Hologramm. Stan sah sich in einem Heilungsraum der Rhianis. Er hielt in seinen Händen leuchtende Steine: in seiner rechten Hand einen roten, in der linken Hand einen blauen Stein. An seinem rechten Fuß befand sich ein gelber Stein und an seinem linken Fuß ein grüner. Diese Farben waren die heiligen Flammen von Atlantis. Stan wusste, der Engel erklärte ihm, dass morgen mit der Ausgleichsbehandlung seiner Energiefelder begonnen werden würde.

Dann sah er in dem Hologramm, das der Engel ihm bot, dass auf seiner Stirn ein leuchtendes diamantenes Licht erstrahlte. Dieses war das Licht eines neuen Bewusstseins und Stan erkannte sofort, dass es hier auch um die Veränderung seines emotionalen Empfindens, seiner emotionalen Ladung und Neigung gehen würde. Damit war Stan nicht wirklich einverstanden und er spürte, wie sich ein dicker Kloß in seinem Hals bildete und ihm das Atmen immer schwerer fiel.

Der Engel bemerkte Stans Energie und sagte ihm, dass er sich nicht ängstigen müsse, denn er, Melchisedek im Archetypus des Seraphis Bey, werde ihn auf seinem Weg der Heilung begleiten, und dass viele heilende Helfer und Energien um ihn seien, um dieses zu tun.

Plötzlich veränderte sich das Bild im Hologramm und Stan sah zum ersten Mal seinen Geburtskristall. Er sah in diesem Kristall dunkle Flecken aber auch sehr helle Areale, die leuchteten und glänzten. Doch aufgrund seiner Erfahrung versteifte sich sein Blick immer mehr auf die dunklen Areale seines Geburtskristalls. „Alles wird gut werden", sagte Melchisedek, „und die Dunkelheit wird deinen Seelenkristall verlassen." Er sah, wie lichte Erscheinungen seinen Seelenkristall verließen. Es sah aus, als ob leichte Federbällchen aus dem Kristall hinausgeschleudert wurden. „Dies sind deine Aspekte", sagte der Engel, „und diese Seelenaspekte hast du verteilt im Lichten wie im Nichtlichten. Es wird wichtig sein, hier einen Ausgleich zu erschaffen, denn zurzeit überwiegen deine dunklen Anteile und bringen dich in ein Ungleichgewicht."

Stan wusste in diesem Augenblick sofort, dass der Engel recht hatte, doch er war nach wie vor nicht gewillt, auf den guten und wohlgemeinten Rat des Engels zu hören, denn er hatte, wie gesagt, seine Vision. Nachdem der Engel seine Botschaft gegeben hatte, verließ er den Raum und ließ Stan alleine zurück. Stan ging ins Bad, um seine Entspannung zu finden, doch wirkliche Ruhe wollte nicht einkehren.

Kapitel 8

Melchisedek betrat die Höhle der Transformation. Diese war ein Ort auf Malath, wie es ihn auch in Atlantis gab. Ein Ort, an dem er seine Körperlichkeit verändern konnte. Als Engel konnte er mit seinem eigenen Energiefeld gefahrlos durch die Galaxien und Dimensionen reisen, nicht aber als aufgestiegene Meisterebene. Somit suchte er die Halle der Transformation auf, um sein Wesen zu verändern. Ein Prozess der hohen Lichtverdichtung und Melchisedek war entschlossen, dieses für Stan zu tun. Noch einmal würde er Stan als Aufgestiegener Meister Seraphis Bey in einer menschlichen Erscheinung, in einer menschlichen Hülle begegnen, um Stan zu helfen, einen klaren Weg der Kommunikation zu finden.

Er tat dieses aus Liebe zu Stan.

Melchisedek wollte den Seelenkristall und Stans Seele nicht einfach so der Dunkelheit überlassen, kostete es, was es wolle. Seraphis Bey war fest entschlossen, diesen Kampf zu gewinnen.

Das Wasser war warm und langsam merkte Stan, wie sich sein Körper entspannte. Doch sein Kopf war nicht ruhig, selbst das Schnurren seiner Sinan-Katze, die sich vor die Badewanne gelegt hatte, konnte ihn nicht wirklich beruhigen. Stan hatte vor all den Dingen, die da kommen sollten, Angst, obwohl alles getan wurde, damit er sich hier auf Malath wohlfühlte. Er fürchtete sich auch vor einer Konfrontation mit Deklet, denn man hatte auch Stan Deklets Erscheinen für den morgigen Tag angekündigt. Und so sah Stan dem neuen Tag mit gemischten und eher ängstlichen Gefühlen entgegen, als mit einem Gefühl der Heilung und der Erlösung.

Es ist doch seltsam, dachte Stan, wenn wir unseren Gefühlen folgen, heißt es nicht unbedingt, dass uns dieses in eine Befreiung oder ein Wohlgefühl führt. Oftmals kann es sein, dass es uns eher in Verwirrung stürzt oder auch in ein Gefühl an einem Abgrundes zu stehen.

Doch Stan war fest davon überzeugt, dass seine Gefühle, dass seine Gedanken der Zuversicht und des politischen Kalküls für Atlantis und für ihn selbst waren. Er war ein geborener Führer, das wusste er ganz genau.

Er spürte in sich nicht, dass das, was er als Führung empfand, die reine Verführung war, eine Versuchung, welche ihn bei seinem Kontakt mit dem Nichtlicht infizierte. Diese Infektion breitete sich in seinem Körper mehr und mehr aus.

Die Transformation war fast abgeschlossen. Melchisedek/Seraphis Bey befand sich in einem Zustand der absoluten Auflösung und neuen Manifestation. Das Bewusstsein des Engels war nun mit allen dimensionalen Foken verbunden und sein Licht strahlte und erfüllte den ganzen Raum der Transformation.

Zwei Rhianis standen am Eingang der Halle der Transformation und beobachteten den Prozess. Sie waren die Kohane der Halle und konnten so bei Schwierigkeiten in den Transformationsprozess eingreifen. Doch Melchisedek, als geübter Engel, hatte diesen Prozess schon häufig durchschritten und war mit dem Vorgehen einer Transformation vertraut.

Melchisedek war nun mit allen Ebenen und allen Zeiten verbunden und so formte sich sein Körper jetzt in eine menschliche Form. Er wurde dicht, er wurde fleischig und er wurde bewusst körperlich. Er spürte diese Körperlichkeit. Er spürte sie als Teil einer Enge und einer Begrenzung, doch er wusste, dass er dieses Opfer bringen musste, um das Herz von Stan zu erreichen. Denn das reine Licht, das er als Engel war, konnte Stan nicht mehr erreichen. Jetzt war die Form der Berührung und des menschlichen Miteinanders wichtig, und hierzu bedurfte es eines Menschen und nicht eines Engels.

Das Licht veränderte sich in ein wunderbares, leuchtendes Türkishellblau. Der Transformationsprozess war abgeschlossen. Im Zentrum der Halle der Transformation stand nun der Meister Seraphis Bey angetan mit den Insignien seiner Meisterschaft: der Kette um seinen Hals und dem großen Wanderstab. Die beiden Rhianis-Wesen verneigten sich vor ihm und so wusste Seraphis Bey, dass er eine richtige Entscheidung und Körperwahl getroffen. Seraphis Bey ließ sich nun von den Rhianis seine Behausung zeigen, denn jetzt benötigte er eine solche, denn als Aufgestiegener Meister war er nun in einem menschlichen Körper und die Rhianis taten, wie ihnen geheißen.

Kapitel 9

Aruna versuchte sich in dem ganzen Chaos, welches sich in ihrem Schlafgemach befand, zurechtzufinden. Viele ihrer Kleider lagen verstreut am Boden und auf ihrer Schlafgelegenheit herum und sie versuchte sich einen Überblick über die Kleider, die sie für das Konzil benötigte zu verschaffen. Lachend stand ihrer Dienerin im Kleiderschrank und warf ihr ein Kleid nach dem anderen zu und rief dabei: „Ihr müsst euch entscheiden, Medium!"

Aruna gab auf und stürzte lachend zu Boden. „Ich habe wieder einmal nichts anzuziehen", prustete sie los und ihr wurde die Komik ihrer Situation bewusst, denn in einer fernen Zukunft würden die Menschen auch nichts anzuziehen haben. Die Dienerin rief sich eine zweite Dienerin herbei und die erfahrende Shoumana wusste sofort, was zu solch einem hohen Anlass eines Konzils benötigt wurde. Gezielt griff sie in das Wirrwarr hinein und zog eine passende Palette eleganter Roben heraus, die für offizielle aber auch inoffizielle Gelegenheiten geeignet waren, faltete sie und verstaute sie mit geschickten Händen in die beiden Schrankkoffer, die geöffnet im Zimmer standen. Mit ihren geöffneten Fächern sahen sie aus wie zwei große Tiere, die ihre Beute in sich hinein verschlingen. Aruna nahm die Zelebrationsnadel und stach sich dabei leicht in den Finger. Mit ihrem Blutstropfen zeichnete sie das magische Zeichen ihres Throns in die Luft und aus dem Nichts heraus öffnete sich vor ihr ein energetischer Raum, aus dem sie die passenden Schmuckstücke, die zu ihrem Outfit passten, zog. Auch diese verschwanden in den Koffern. „Seht Ihr, Medium, es ist doch gar nicht so schwer", scherzte die alte Dienerin. „Nun wollen wir uns um den Rest kümmern", sagte sie zu ihr, „geht auf die Terrasse und ruht euch ein bisschen aus." Das ließ sich Aruna nicht zweimal sagen. Sie streckte sich auf einem Diwan auf ihrer Terrasse aus, schloss die Augen und spürte das warme Licht der Sonne auf ihrer Haut. Plötzlich wurde ihr kühl und sie bemerkte durch ihre geschlossenen Augenlider, dass sich ein mächtiger Schatten über ihr befand. Sie öffnete die Augen und sie sah, wie Deklet über ihr am Himmel stand und sie freundlich angrinste, soweit ein Drache grinsen kann!

„Komm zu mir, alter Freund", sagte sie und streckte ihm ihre Hand entgegen. Elegant landete Deklet auf der weiträumigen Terrasse.

„Ich bin kein Kanarienvogel, liebe Aruna", sagte Deklet lachend, „würde ich mich auf deinen Arm setzen, würdest du im Boden versinken." Beide lachten herzlich und begrüßten sich. Aruna hatte sich noch immer nicht daran gewöhnt, dass Deklet auf die Einhaltung des höfischen Protokolls von Atlantis bestand. Nachdem sie sich wie alte Freunde begrüßt hatten, trat er einen Schritt zurück, neigte seinen Kopf und erbot ihr den ehrfurchtsvollen, höfischen Gruß. Aruna war das unangenehm. Mit einem Blitzen in und dem Schalk, der ihm aus den Augen schaute, sagte Deklet: „Ich verneige mich nicht vor dir, sondern vor dem, was du bist, Medium von Atlantis."

„Du wirst nie aufhören, mich zu belehren, alter Freund. Ich wusste gar nicht, dass du in Atlantis bis. Warum hast du dich nicht angekündigt? Ich hätte dich ausgiebig bewirten können. Was führt dich zu uns auf die Erde? Ich wähnte dich immer noch in den Weiten der Magellanschen Wolke."

„Ich mache für ein paar Stunden hier auf der Erde Zwischenstation, um dich zu sehen. Danach werde ich nach Malath weiterreisen. Mein Lichtschiff ankert im Orbit um die Erde, aber ich wollte nicht nach Malath gehen, ohne dich vorher gesehen zu haben. Sag mal, hast du noch etwas von diesem köstlichen Pakash-Nektar von deiner Inthronisation?"

„Selbstverständlich alter Freund", sagte Aruna, „ich lasse dir ein Fässchen bringen." Denn ein Kristallglas wäre für einen Drachen viel zu wenig gewesen. Vier Diener schleppten nun ein einhundertfünfzig Literfass des köstlichen Nektars herbei und Deklet nippte wohlwollend daran, nachdem er mit einer scharfen Kralle seiner Klaue den Deckel des Fasses durchstoßen hatte.

„Es freut mich, dass du da bist", sagte Aruna, „und dass du dir die Mühe machst, mich zu besuchen. Ich werde in sechs Tagen den Mond aufsuchen, denn der Löwenthron hat das Konzil einberufen." Deklet staunte nicht schlecht, als der dieses hörte.

„Ein Konzil in dieser Zeit?", fragte er ungläubig.

„Ja", sagte Aruna und erzählte Deklet die gesamte Geschichte. Deklet hörte aufmerksam zu. Sein Gesicht war alles andere als entspannt und die Wirkung des Pakash-Nektars schien auch nicht wirklich einzutreten.

Fast zärtlich sagte er zu: „Ja Kleine, jetzt kommen große Entscheidungen auf Euch zu. Entscheidungen, die das Angesicht der Erde verändern werden." Aruna lächelte, als sie die Worte des Drachen vernahm, doch nach Lächeln war ihr gar nicht zumute. Auch sie hatte es gelernt zu funktionieren!

Kapitel 10

Das ganze Haus war erfüllt vom Wohlgeruch frischen Mapo-Brotes, der sich mit dem süßlichen, nach Patschuli riechendem Duft der Agas-Bäume vermischte, welche sich auf Malath zu riesigen Wäldern ausgeweitete hatten.

Der Agas-Baum, eine Mutation der Mapo-Pflanze, produzierte eine holzähnliche Substanz, die in ihrer Beschaffenheit zwischen Metall und Holz angesiedelt war und aus der die Verkleidung vieler Lichtschiffe der verschiedenen Spezies bestand.

Der Baum blühte dreimal im Jahr und seine Blüten verströmten einen süßlichen Duft, der von vielen Spezies nicht vertragen wurde, da er eine halluzinogene Wirkung besaß. Deshalb wurde Stans Siran-Katze eine Atemmaske aufgesetzt, die sie sehr beim Fressen störte, aber der Agas-Duft konnte bei Siran tödlich wirken.

Ein Diener servierte Stan Frühstück. Er traute diesem nicht. Eigentlich traute er keinem Wesen mehr, seitdem sein bester Freund George aus seinem Leben gerissen worden war. Sein Diener bemühte sich, ihm seine Zuneigung zu zeigen, aber Stan entließ in grußlos. Er biss versonnen in sein Mapo-Brot und trank eine Tasse Tee dazu.

„Es wird nichts mehr so sein wie früher", dachte er. Heute sollte seine Behandlung beginnen. Würde er sich erinnern, wer er ist? Würde er sich und seine Geschichte verlieren? Welche Form der Harmonisierung hatten sich Aruna und Deklet für ihn ausgedacht? Und warum war Melchisedek/Seraphis Bey anwesend? Was sollte das Gerede von seinem Geburtskristall?

Stan hörte ein Pochen an seiner Tür und öffnete sie. Vor ihm stand George.

Kapitel 11

Lea stand in ihrem Arbeitsraum und die Sonne vertrieb die letzten Wolken an einem sonnenstrahlend blauen Himmel. In der Nacht hatte es fürchterlich geregnet, aber der Regen war gut, denn die Mapo-Pflanzen waren gerade in der Wachstumsphase und Regen war das Beste, was den Pflanzen passieren konnte. Zwar konnte der Regen nicht mehr direkt auf die Felder fallen, so wie es früher einmal der Fall gewesen war, doch der Regen wurde in großen Zisternen aufgefangen und aufbereitet, damit die Schäden durch das manipulierte Wasser an den Pflanzen nicht Raum nehmen konnte. Dieser Schaden war durch den großen Missbrauch entstanden, den Stan damals in Atlantis verübt hatte.

Das Wasser wird ihnen guttun, dachte Lea, schaute versonnen in den Himmel und hielt dabei eine Tasse Mapo-Tee in den Händen. Ihr Arbeitszimmer war groß und weiträumig. Sie benötigte es auch, denn es gab vieles zu organisieren, seitdem sie in den Rat von Lemurien einberufen war.

An bestimmten Abenden zog sie sich die heiligen Gewänder an und schritt mit dem Hohen Rat hinein in den Tempel von Mu, um dort das Schlagende Herz von Lemurien zu besingen.

Das Schlagende Herz von Mu war ein riesiger, tonnenschwerer roter Turmalin, der der Schwerkraft der Erde zu trotzen schien, denn er schwebte frei in einer Höhle und galt als das Heiligtum der Lemurianer. Ihr Gesang stärkte diesen Stein in seiner Energie. Der Stein sorgte nach dem Glauben der Lemurianer für das Gleichgewicht von Gut und Böse in ganz Atlantis.

Die Ernte würde in diesem Jahr etwas geringer ausfallen, die Ernte an kolloidalem Silber. Aus der Blüte der Mapo-Pflanze, genauer gesagt aus ihrem Nektar, wurde ein ganz spezielles Silber, ein kolloidales Silber gewonnen. Dieses Silber wurde Cremes und Lotionen beigemischt, die die Rhianis für ihre Heilungsrituale benötigten.

Es hatte hervorragende antiseptische Eigenschaften und wurde deshalb benutzt, um in Körperpflegeprodukten seine Anwendung zu finden.

Kolloidales Silber fand ebenfalls großen Absatz im täglichen Gebrauch der Atlanter, denn ihre Flugscheiben benötigten zur Wartung kolloidales Silber.

Die Ernte des kolloidalen Silbers würde jedoch in diesem Jahr etwas geringer ausfallen, dachte Lea, denn durch die Manipulation an den Mapo-Pflanzen war ein Ernteeinbruch zu verzeichnen.

Ein lautes Klopfen riss sie aus ihren Gedanken. Sie rief wie automatisiert „herein" und hereinkam ein Lemurianer ihres Volkes. Er trug ein großes Tablett, auf dem sich Mapo-Blüten befanden, damit Lea sie begutachten konnte.

„Nun, sie haben keine Schäden davon getragen", sagte Lea zu dem Boten und nickte wohlwollend. „Sie sind reif für die Ernte und für die Produktion des kolloidalen Silbers."

Freundlich verließ der Bote mit seinem Tablett den Raum und Lea wandte sich ihrem Schreibtisch zu, der mit Schriftrollen, die sie noch nicht bearbeitet und gelesen hatte, überquoll. Als sie sich durch das Wirrwarr von Schriftrollen wühlte, fiel ihr eine Rolle besonders auf. Sie öffnete diese und fand dort einen Brief von Stan.

Dieser Brief musste hier hinterlegt oder beim Aufräumen ihres Arbeitszimmers übersehen worden sein, denn es war vorher Stans Arbeitszimmers. Sie erkannte sofort seine Handschrift.

Mit einem etwas schlechten Gewissen las sie den Brief und war sehr erschrocken über die Dinge, die dort geschrieben standen. Stan führte Tagebuch, das wusste sie, aber sie wusste nicht, dass er auch mit einer Organisation, die im Universum einen etwas zweifelhaften Ruf genoss, im Schriftverkehr stand: den Schwarzen Herren von Orion, unweit des Orionnebels. Einen solchen Brief an eben diese Schwarzen Herren hielt sie nun in einer Abschrift in ihren Händen.

Versteinert las Lea Stans Worte. Er bat die Schwarzen Herren um militärische Unterstützung zur Besetzung der Außengebiete von Atlantis. In diesem Brief bot er ihnen als Ausgleich dafür einen Abbau der Bodenschätze in den äußeren Randregionen des atlantischen Kontinents an. Diese waren sehr reich an Erzen und seltenen Erden, die die Orioner brauchten, um ihre Technik herzustellen. Sie waren immer auf der Suche nach Planeten, die solche Erze und Böden hatten.

Lea war entsetzt darüber und fest entschlossen, Aruna dieses Schriftstück auszuhändigen, denn Boten in den äußeren Bereichen des planetaren Systems entdeckten immer wieder orionische Patrouillenschiffe, welche die Schutzzone zu diesem Planetensystem seit dem großen orionischen-plejadischen Krieg und dem darauf geschlossenen Friedensvertrag nicht mehr bereisen durften. Aber eine Häufung der Patrouillenschiffe war registriert worden.

Kapitel 12

Stan war hellauf entsetzt, als er in Georges Gesicht blickte. Er stammelte nur noch: „George, was machst du hier?"

George lächelte ihn an und sagte: „Willst du deinen alten Freund nicht umarmen?" Stan ließ sich das nicht zweimal sagen und flog George um den Hals. George fiel fast um bei dieser stürmischen Begrüßung. Er lachte und taumelte und ging mit Stan ins Zimmer hinein.

„Ich dachte, du seist tot", stammelte Stan.

„Na ja, sehen so Tote aus?", erwiderte George lakonisch.

„Nein, natürlich nicht. Was ist geschehen? Warum hat es dich nicht erwischt? So viele Fragen sind in meinem Kopf", rief Stan.

George antwortete: „Oh, das ist eine lange Geschichte, ich werde sie dir erzählen. Hast du Zeit, denn sie dauert doch ein wenig länger."

„Ich weiß nicht, wann sie mich abholen", antwortete Stan, „denn ich bin hier, damit ich in meinem Kopf wieder normal werde", und er symbolisierte und gestikulierte mit seinen Händen vor seinem Gesicht.

George lächelte und sagte: „Na ja, was ich so über dich gehört habe, mein geliebter Freund, zeigt wirklich, dass du nicht ganz richtig tickst, oder?"

Stan tat so, als hätte er diese Bemerkung nicht gehört. George setzte sich auf ein großes, dickes Kissen und sah zu, wie Stan Pakash-Saft eingoss. Beide nahmen einen großen Schluck und George erzählte seine Geschichte.

„Der Himmel auf dem Mars verdunkelte sich", begann Georg. „Es war so, als würde wieder einer der großen marsianischen Sandstürme losbrechen, aber diesmal war es gewaltiger. Von jetzt auf gleich wurde der Himmel schwarz und ein großes Vibrieren schien den ganzen Planeten zu erfüllen. Alle Wesen liefen in wilder Panik durcheinander. Die Antilopen rannten mit den Siran-Katzen um die Wette, so als würde eine große Jagd ausgebrochen sein. Der ganze Planet war in Aufruhr. Tage zuvor war schon deutlich eine Veränderung in der Atmosphäre zu spüren gewesen. Wir hatten aber nicht geahnt, was da auf uns zukommen würde. Die Lichtkrieger waren mit ihren täglichen Aufgaben beschäftigt und niemand ahnte, welche Katastrophe den Planeten heimsuchen würde. In den großen Zuchtfarmen für Pflanzen und Gemüse war für das große Erntefest schon alles vorbereitet. Doch dieses Erntefest sollte ja nicht stattfinden, wie du weißt", sagte George.

„Die Atmosphäre auf dem Mars verdichtete sich immer mehr. Schon in den Tagen zuvor hatte man diese Spannung bemerkt. Alle Wesen waren seltsam gereizt. Die sonst friedliche Atmosphäre unter den Bewohnern von Mars heizte sich immer mehr auf. Gruppierungen entstanden, die nach einem Führer riefen. Gruppierungen, die mit den Umständen auf dem Mars mit seinen Lichtkriegerschulen nicht einverstanden waren. Versammlungen wurden abgehalten und immer wieder hörte man Parolen über Parolen, die so gar nicht in das Verhalten und in die gesamte Energie des friedlichen Mars passten. Die Wesen waren wie aufgestachelt, wie aufgeheizt. Immer wieder hörten wir Berichte von platonischen Patrouillenschiffen, die durch unseren Sektor flogen, was eigentlich verboten war und gegen das Prinzip des Friedensvertrages verstieß, aber wir hielten diese Sichtungen für Gerüchte, denn niemand wusste mehr, was wirklich Sache war. Niemand wusste mehr, wem was und welchen Informationen zu glauben war. So kam es immer mehr zu großen Diskrepanzen auf dem Mars. In den Lichtkriegerschulen versuchten die Meisterinnen und Meister, uns irgendwie bei Laune zu halten, uns irgendwie in Harmonie zu bringen. Doch dieses war schwerlich möglich, so sehr aufgestachelt war die Energie. Und dann kam dieser Tag. Dieser, ja ich möchte sagen, dieser furchtbare Tag, der Tag der Zerstörung des Mars. Wir haben dieses nicht erlebt, denn wir wurden einige Sekunden vorher von den Engelreichen evakuiert. Unsere Körper lösten sich auf, was ein seltsames Gefühl war. Wir befanden uns in einer riesigen Lichtkugel, so möchte ich dies einmal beschreiben. Ich habe so etwas noch nicht gesehen. Aber diese Lichtkugel brachte uns fort. Und ja, von da an weiß ich eigentlich nichts mehr" sagte George. „Ich wachte in einem Raum auf einem fernen Planeten auf, den sie Hatton nannten. Auf diesem Planeten erwachte ich in einem Zimmer, aber dieses Zimmer war nicht in einem Haus, dieses Zimmer war in einer Dimension. Unvorstellbar, aber ich wachte auf und ich fühlte mich wohl. Mein Körper schmerzte ein wenig, aber ich fühlte mich wohl. Dann kam ein Engelwesen zu mir herein und sagte, dass es zu den Legionen des Engels Raphael gehöre, und dass er meinen Körper verändert und geheilt habe. Ich solle mich nicht wundern, ich sei nun kein normales Wesen mehr, sondern ein transformiertes Wesen zwischen Shoumana und Engel. Ein Wesen, das nicht mehr aus seinem Ursprung stammt, sondern eine neue Kreation geworden ist. Ich bin zu einem Boten der Engel geworden", sagte George. Stan hörte ihm ungläubig zu und seine Kinnlade fiel herunter. George lachte und meinte: „Jetzt schaust du ziemlich dümmlich drein, ich kann verstehen, warum sie dein Gehirn hier wieder in die Achse bringen wollen."

Stan fasste sich und fragte: „Was bist du denn jetzt?"

Georg antwortete: „Ich bin ein Engel."

Kapitel 13

Gwen saß in ihrem Haus und beschäftigte sich mit den alten Kristallen einer längst versunkenen Kultur, die nicht auf der Erde beheimatet war, sondern sich in den Weiten der Magellanschen Wolke befand, lange bevor es die Atlanter gab. Sie studierte die alten Schriftzeichen und die alten Symbole und war sehr erfreut über das Filigrane und das Spektrum der Schriften und die Verse der einzelnen Worte.

Ja, sie war sogar begeistert von dem, was sie dort las. Sie erkannte die tiefe Poesie dieser alten Kultur, die in Atlantis Einzug genommen hatte und zu einer der Säulen atlantischer Ethik und Philosophie geworden war. Wissenschaftler gingen davon aus, dass aus dieser alten Kultur später einmal durch Mutationen des genetischen Codes die Ottus wurden. Man munkelte, dass die Ottus nicht sehr stolz auf ihre Herkunft waren, denn die Ottus waren als bodenständig, eher etwas grobschlächtig und einfach gestrickt definiert worden, was so aber nicht stimmte. Denn Gwen hatte zu den Ottus einen sehr starken Bezug, auch zu ihrer Form der Architektur, die sie in ganz Atlantis kunstvoll ausübten.

Gwen schwelgte in den Gedichten und poetischen Formen dieser alten Kultur, als sie bemerkte, dass Lea durch ihren Garten schlich, denn sie saß am Fenster und schaute hinaus. „Was machst du denn hier Lea? Hast du nichts zu tun oder hast du heute ein Tag frei? Du hast deinen Besuch gar nicht angekündigt."

Lea sagte: „Ich muss dir unbedingt etwas erzählen und fuchtelte mit etwas Seltsamen in der Hand durch die Luft.

Gwen sagte: „Oh, eine Schriftrolle, eine alte Schrift. Hast du etwas aus den Archiven ausgegraben?"

„Nein", sagte Lea und Gwen erkannte sofort, dass Lea nicht zum Scherzen aufgelegt war. „Nein viel schlimmer", sagte Lea, „ich habe einen Brief von Stan gefunden."

„Wie kommst du an Stans Post?, fragte Gwen.

„Er muss beim Aufräumen meines Arbeitszimmers liegen geblieben sein, denn mein Zimmer, wie du ja weißt, wurde vorher von Stan benutzt. Ich fand diese Schriftrolle unter einem Berg Schriftrollen auf meinem Schreibtisch. Ich bin hellauf entsetzt und muss es dir erzählen."

Gwen hatte zwischenzeitlich ihr Haus verlassen, denn es war ein sonniger Tag und so setzen sich die beiden auf eine Bank in Gwens Garten, welche von einer rosafarbenen Rose beschattet wurde. Dort saßen sie nun und lasen gemeinsam Stans Worte an die Schwarzen Herren von Orion. Es war entsetzlich, was sie dort lasen, denn Stan machte mit den Orionern einen Vertrag zum Abbau von Rohstoffen im äußeren Bereich von Atlantis und erhielt dafür militärische Hilfe beim Putschversuch in Atlantis. Des Weiteren war ein Passus angefügt, den weder Lea noch Gwen lesen konnten. Aber von der Energie her schien es eine Art zu sein, die nicht sehr wohlwollend für die Bewohner dieses Planeten war. „Wir müssen zu Aruna", sagte Gwen.

„Ja, auf dem Weg war ich, aber ich wollte mich vorher mit dir absprechen", sagte Lea, „und wollte mir moralische Unterstützung suchen. Aruna ist zwar sehr ausgeglichen, aber sie ist in großer Anspannung, denn in wenigen Tagen beginnt das große Konzil auf dem Mond und sie hat noch einiges vorzubereiten, einige Depeschen zu lesen, und jetzt kommen wir mit diesem Brief. Ja eigentlich ist es ja nur eine

Kopie, aber ich halte es für wichtig, dass Aruna das erfährt", sagte Lea.

„Die wird völlig ausflippen", sagte Gwen. „Wir müssen schauen, dass wir ihr die schlechten Neuigkeiten so schonend wie möglich beibringen."

„Du hast recht", sagte Lea. „Komm wir machen uns auf den Weg".

Als sie das Grundstück verließen, stellte sich ihnen ein kleines lemurianisches Mädchen in den Weg und sagte zu ihnen: „Wohin geht ihr?"

Und Gwen antwortete etwas unwirsch: „Wir sind auf dem Weg zur großen Pyramide."

Das kleine Mädchen sagte: „Ich will mit."

„Nein, du kannst nicht mit."

Dann sagte das Mädchen: „Ich habe euch zugehört, worüber ihr gesprochen habt."

Und Lea funkelte mit ihren lemurianischen Augen das Kind an und sagte: „Du verlierst darüber kein Wort."

„Nein Herrin", sagte das Mädchen. „Ich bin nicht da, um zu petzen, sondern ich möchte euch mitteilen, dass ich ein Schiff gesehen habe. Ein Schiff, welches ich nicht kenne. Und dieses Schiff hat einen Stachel und dieser Stachel steckt im Gebirge."

Kapitel 14

Wie versteinert hörten Gwen und Lea den Äußerungen des kleinen Mädchens zu. Die Kleine erzählte klar und flüssig und das trotz ihres jungen Alters von circa fünfundachtzig Erdenjahren.

„Sag mir genau wo", sagte Lea, „wo hast du dieses Schiff gesehen?"

„Da vorn in den Hügeln", sagte das Mädchen, „unweit der heiligen Grotte des Schlagenden Herzens von Mu."

„Im heiligen Bezirk?", prustete Lea, „das kann doch nicht wahr sein!" Gwen hatte in der Zwischenzeit die Dimensionspforten geöffnet und ihre Flugscheibe bereit gemacht. Sie bedankten sich bei dem Mädchen und überreichten ihr aus Dankbarkeit einen wunderschönen Achat, den Gwen bei sich trug und den sie vor Kurzem bei einem Spaziergang aufgehoben hatte. Das Mädchen freute sich, knotete den Achat in ihr Fell und ging mit dem Versprechen, mit niemandem darüber zu reden, ihres Weges. Die beiden Frauen bestiegen ihre Flugscheibe und waren binnen weniger Sekunden in den Hügeln im heiligen Bezirk. Dort sahen sie, was das Mädchen ihnen mitgeteilt hat. Ein riesiges orionisches Schiff stach seinen Bohrer in die Landschaft hinein und Lea spürte mit ihren lemurianischen Sinnen, dass dieses eine grobe Verletzung ihres Lebensraumes war und sie fühlte, wie die Wesenheiten der Mineralien aufschrien, denn ihr Lebenszyklus wurde dadurch massiv gestört. Die Orioner förderten Silicium-Kristalle, die sie zum Erhalt ihrer Technologie dringend benötigten. Dieses stellte einen kriegerischen Akt dar, denn Orionern war es nicht gestattet, die

Friedenszone, zu der auch dieser Planet gehörte, zu bereisen, geschweige denn, Erze abzubauen.

Dieser kriegerische Akt war ein Affront gegen die beschlossenen Konventionen, die nach dem plejadisch-orionischen Krieg vom Zentralbewusstsein von Atlantis mit den Kriegsparteien ausgehandelt worden war. Der seit Jahrtausenden anhaltende Friede war nun eklatant gestört. Nun hatten die beiden Frauen die undankbare Aufgabe, Aruna und den Hohen Rat der Medien von Atlantis darüber zu informieren. Beide machten sich mit gemischten Gefühlen auf den Weg zur großen Pyramide.

Dort angekommen betraten sie die Audienzhalle, welche sich vor der großen Pyramide befand. Im Wartebereich gab es Räume, in denen bei Bediensteten um Audienz gebeten werden konnte. Dort wurden auch Termine vergeben. So gingen sie in Arunas Büro und verlangten nach einem Termin, da sie möglichst dringend mit Aruna sprechen mussten. Ein alter Rhianis, der die Aufgabe hatte, diese Termine zu vergeben, wollte sie auf einen Zeitraum nach dem Konzil vertrösten, doch Gwen gelang es ihn davon zu überzeugen, dass die Angelegenheit sehr dringlich sei, und bestand auf ein sofortiges Gespräch mit dem Medium des Widder-Throns. Der alte Rhianis nahm zu Arunas Bewusstsein Kontakt auf und teilte den beiden wartenden Frauen mit, dass Aruna in wenigen Minuten da sein würde. Sie habe noch eine Audienz mit dem Botschafter der EL und würde sich dann umgehend bei ihnen melden. Er wies ihnen einen Platz im Wartebereich der Audienzhalle zu. Dort reichte man ihnen Mapo-Tee und ein süßes Gebäck, das aus einer, vor einigen Wochen neu entwickelten Pflanze hergestellt wurde.

Diese Pflanze wurde bis zu einem Meter fünfzig bis zwei Meter hoch und ihre Früchte waren große Kolben mit gelben Körnern. Die lemurianischen Wissenschafter nannten diese Pflanze Mais. Das ihnen dargereichte Gebäck schmeckte köstlich und harmonierte mit dem Mapo-Tee vorzüglich. So vergingen die Minuten wie im Flug und Aruna erschien mit zwei Dienerinnen im Gefolge.

Gwen und Lea berichteten Aruna alles, was sie gelesen und gesehen hatten. Aruna blieb ruhig und hörte schweigend zu. Aber Gwen sah sofort, wie ihr das Blut aus dem Gesicht wich. Aruna versteinerte und Gwen spürte, wie sie nun mehr und mehr in ihre Rolle als Medium des Widder-Thrones schlüpfte und wie sie ihre sonst weiche und menschliche Art verlor. Aruna erkannte sofort die Dringlichkeit dieser Situation und musste intervenieren. Der Friede war zerbrochen. Aruna wusste instinktiv genau, was dieses bedeutete.

Es war eine Kriegserklärung von Orion an Atlantis. Stan hatte durch seine Disharmonie diesen Krieg möglich gemacht. Doch nun war keine Zeit für Entsetzen. Umgehend verabschiedete sie sich von Gwen und Lea, um den Rat der Zwölf einzuberufen.

Kapitel 15

Behäbig watschelte der schwere Drachenkörper durch die Sümpfe von Malath. Deklet liebte diesen Ort, denn es gab nichts Wohltuenderes für seine Klauen, als durch den warmen Sumpf von Malath zu watscheln und dabei seinen Gedanken freien Lauf zu lassen. Doch er war ja nicht gekommen, um sich hier auszuruhen und zu erholen, sondern er war da, um an der Heilarbeit für Stan mitzuwirken, den er in seinem gütigen Drachenherzen sehr lieb gewonnen hatte. So verließ er die Sümpfe und ging hin zu den Höhlen, in denen die Rhianis Harmonie herstellten. Auf dem Weg dorthin begegnete er Seraphis, der an den Randgebieten der Sümpfe nach malathinischen Heilkräutern suchte, die er Stan verabreichen wollte.

„Sei gegrüßt, alter Freund", grüßte Deklet den Aufgestiegenen Meister. Nach dem Austausch von Grüßen kamen die beiden Wesenheiten schnell auf den Kern ihres Daseins hier auf Malath. Der Kern war Stan.

Seraphis erzählte Deklet, dass er George mitgebracht habe, der nun ein Zwischenwesen im Reich der Engel war und somit vor der großen Katastrophe auf dem Mars errettet worden war. Seraphis vertrat die Ansicht, dass die Anwesenheit von George einen positiven Heileffekt auf Stan haben würde.

Nach dem Austausch ihrer Informationen gingen beide Wesenheiten in die Höhle hinein, die für Stans Behandlung vorbereitet war. Stan war noch nicht anwesend. Einige Rhianis waren damit beschäftigt Kristalle in der Höhle zu platzieren und sie auf einer Liege aus Rosengranit auszurichten.

Deklet schaute sich einige Kristalle in Ruhe an und er schien sehr zufrieden zu sein mit dem, was er dort sah. Seraphis unterhielt sich mit den Rhianis und besprach mit ihnen eine Anordnung von Celenit-Stäben, die eingefasst in einer Halterung aus Wassermelonen-Turmalin kunstvoll arrangiert waren und auf den Bereich ausgerichtet waren, an dem später der Kopf von Stan liegen würde. Alles war in Vorbereitung.

Kapitel 16

Aruna erreichte die große Versammlungshalle in der Pyramide von Poseidonis. Sie zeichnete das Symbol ihres Thrones in die Luft und vor ihr öffnete sich die Pyramide. In ihrem Geist rief sie die atlantischen Medien und nach und nach kamen alle mit ihrem Symbol in der großen Halle zusammen. „Es herrscht Krieg", sagte Aruna. Ein Gemurmel brach unter den Medien ob ihrer Aussage aus und der Waage-Thron sah sich genötigt, hier Einhalt zu gebieten. So konnte Aruna ungestört ihre Rede fortsetzen, indem sie berichtete, was ihr zugetragen worden war. Die Medien standen im Kreis zusammen und verbanden ihre inneren Augen miteinander und sofort entstand in ihrer Mitte eine holografische Darstellung der Umgebung um den lemurianischen Tempel und alle konnten mit ihren physischen Augen sehen, was zeitgleich dort geschah.

Ratlosigkeit machte sich im Gremium breit. Einen solchen derartigen Übergriff hatte es seit Mediengedenken in Atlantis nicht gegeben.

Nachdem sie genug gesehen hatten, entbrannte eine Diskussion und der Steinbock-Thron rief sofort nach geeigneten Schutzmaßnahmen, ganz im Ansinnen von Stan, der ein Netz aus Sonden um die Erde gespannt hatte, aber nicht zum Schutz, sondern zur Manipulation. Das gleiche Modell sollte nun verwendet werden, um sich vor Übergriffen fremder Lichtschiffe hier auf der Erde zu schützen. Skorpion-, Fisch- und Stier-Medium unterstützten das Ansinnen des Mediums des Steinbocks und so entstand eine große Kontroverse. Bis der Hohe Rat von Lemurien per telepathischer Übertragung den Hohen Rat von Atlantis zur Einheit aufrief, denn durch die Diskussion und das Aneinanderreihen von Argumenten entstand die Energie von Rechthaberei und brachte den Turmalin im Schlagenden Herzen von Mu ins Ungleichgewicht.

Sofort ebbte die Diskussion ab und allen Medien wurde bewusst, welches Ausmaß der Versuch der Machtübernahme durch Stan zur Folge hatte. Alles war durchsetzt von einer energetischen und emotionalen Leistung. Ein klarer Austausch, so wie er vorher noch möglich war, war nicht mehr machbar, da die Energien von Angriff und Verteidigung immer mitschwangen. Dazu paarte sich ein Feld von übler Nachrede und Besserwisserei. Das Medium der Jungfrau, das des Skorpions und das des Schützen entzogen sich der Versammlung, weil sie die Energien des Diskurses für unerträglich hielten. Löwe und Waage-Medien taten es ihnen gleich.

Eine solche Situation hatte es im Atlantischen Rat noch nie gegeben. Es wurde viel gesprochen, doch keine Entscheidung fiel. Das orionische Lichtschiff förderte unerlaubt weiter in den heiligen Bergen von Lemurien und viele der Medien von Atlantis befürchteten eine orionische Invasion. Alles das, was jetzt geschah, war inhaltlich in dem Brief von Stan an den Hohen Rat von Orion angeklungen. Nun setzte sich Stans Vision um.

Kapitel 17 – Stan

Mich fror es. Das lag aber nicht am Wetter hier auf Malath, sondern mich fror bei der Vorstellung, was mich in den Heilungshöhlen der Rhianis erwartete. In meiner Ausbildung als Lichtkrieger habe ich gerüchteweise vieles über die Möglichkeiten der Rhianis in puncto persönlicher Veränderung vernommen. So erahne ich in mir, welche Möglichkeiten der Hohe Rat von Atlantis hat, meine komplette Persönlichkeit zu de-programmieren und mich in ein Wesen zu verwandeln, was ich nicht bin. Ich werde mich mit allen Energien und allen Kräften dieser Verwandlung widersetzen.

Sie brachten mich hier auf Malath in ein Feld des Wohlgefühls und des Glücks und dann auch noch George. Das sind genau die Energien, mit denen sie versuchen, mich weichzuklopfen. Der Hohe Rat von Atlantis hat nicht verstanden, dass unsere Erde Schutz benötigt. Sie haben nicht verstanden, dass sie mit ihren wissenschaftlichen und ethischen Grundsätzen alle Spezies auf der Erde gefährden und der Vernichtung anheimgeben. Warum verstehen sie mich nicht? Ich habe doch eine Ausbildung genossen und bin vom hohen Meister Seraphis Bey selbst ausgebildet worden. Ich kann in meinen Sichtweisen nicht wirklich falsch liegen. Ich habe doch Erfahrung. Zählt die etwa nicht?

„Nein!", unterbrach ihn harsch eine Stimme. Stan wirbelte herum. Seraphis Bey war unbemerkt in den Raum getreten und hatte den inneren Dialog seines ehemaligen Schülers verfolgt. „Nein", sagte Seraphis Bey erneut, diesmal etwas milder, „es geht nicht darum, dich hier umzuprogrammieren und dich zu einem Wesen unserer Wahl zu machen. Es geht darum, dass du erkennst, wer du bist und dass du somit dem Weg deiner Bestimmung folgen kannst, unbeeindruckt der Attitüden, die dir emotionale und humanitäre Reize gebracht haben. Dein ganzes Sein basiert auf der Grundlage einer hohen Energie, die deine Spezies in ferner Zukunft Seele nennen wird. Ich nenne diese Energie Athma, sie ist die Grundlage deiner Existenz. Eine reine Energieform, die im Zusammenspiel der Athmen aller Wesenheiten ein großes Gefüge darstellt, welches ihr später mit einem göttlichen Status versehen werdet. Diese Athmen spielen miteinander in einer großen Sinfonie eine ewige Melodie, die man Leben nennt. Jedes Wesen hat in diesem Lied seine Strophe und seinen Part zu singen. Es geht nicht darum, will ich dieses oder jenes, es geht darum zu erkennen, was benötige ich, um meinen Teil zum Entstehen des Gesamten beizutragen."

Stan stand ungerührt in seinem Zimmer. „Und weil ich ja so frei bin und weil es nur um mein Athma geht, bringt ihr mich von meiner Heimatwelt weg und sperrt mich hier in diesen goldenen Käfig. Ich bin euer Gefangener."

„Auch hier wiederum nein. Du bist hier zu deinem eigenen und zu unserem Schutz. Denn dein unüberlegtes Handeln brachte unsere Welt ins Ungleichgewicht und in große Gefahr."

„Weil das so ist, bist du hier", fauchte ein riesiger Drachenkopf durch das Fenster seines Zimmers. Deklet mischte sich ein. Seine sonst friedfertigen Augen funkelten dunkelrot und Stan wich ein wenig zurück, denn er spürte, dass der Drache hier nicht zu Scherzen aufgelegt war. Er kannte Deklet als Ausbilder von Aruna und wusste um seine Kampfbereitschaft für die Dinge, die er Gerechtigkeit nannte.

„Nun du sprichst von meinem Athma, großer Meister", sagte Stan, „und gibst diesem Reptil hier die Möglichkeit, mich zurechtzuweisen?" Deklet stieß ein leises Zischen aus und Seraphis Bey hob seine Hand.

Sofort verstummte Deklet, denn er bemerkte die Falle, die Stan ihm stellte und sagte: „Genau so funktioniert es. Das strahlende Licht des Ahtmas wird überschienen von den dunklen Wolken des persönlichen Interesses und Vorteils. Es wird überstrahlt durch die Energien von Zorn, Neid, Missgunst, Habgier und von emotionalem Unverständnis. Das ist deine Waffe, Stan. Du bist Luzifer, ein Lichtträger, doch du dienst dem Licht nicht. Du hast dich entschlossen, der Dunkelheit zu dienen, und ziehst damit Millionen von Spezies mit in den Abgrund. In einer fernen Zukunft wird dies der Fall der Engel genannt werden und du bist ihr Anführer."

Kapitel 18 – Aruna

Ruhelos schritt Aruna in ihrem Zimmer auf und ab. Übermorgen beginnt das große Konzil. Welch eine Farce, dachte sie. Wir befinden uns hier in einem kriegsähnlichen Zustand und dann soll über eine Lebenslösung für unseren Planeten nachgedacht werden? Wir müssen ein sofortiges Handeln forcieren.

Ich bin nicht bereit diesen Planeten kampflos aufzugeben. Ich werde mit allen Mitteln der mir zur Verfügung stehenden Macht versuchen, das Gleichgewicht auf diesem Planeten aufrechtzuerhalten.

Aruna entwickelte eine Lichtenergie in ihrer Zirbeldrüse, was sie immer tat, wenn sie telepathischen Kontakt zu Gwen oder Lea aufnahm. Sie brauchte die Hilfe ihrer Freundinnen, um nach einer Lösung für ihre schweren Gedankengänge zu suchen. Einige Minuten später hörte sie Schritte. Sie näherten sich. Doch mit der Person, die nun im Zimmer stand, hatte sie am wenigsten gerechnet. Es war Judy.

„Was, wie, wo kommst du den her?", stammelte Aruna.

„Ich wurde durch das Portal geschleudert", sagte Judy, „und habe bei den Priesterinnen der Großen Mutter der Shoumana Aufnahme gefunden. Meine Einstellung zu vielen Dingen hat sich geändert und ich weiß, dass ich dir in einer späteren Zukunft nicht mehr schaden werde. Wir haben Informationen für dich, Informationen, die du brauchen wirst. Denn nicht nur ihr als Hoher Rat versucht mit euren Kräften das Gleichgewicht zu erhalten, auch wir in der Gemeinschaft der Shoumana sind darum bemüht, Ungleichgewicht schon im Vorfeld nicht entstehen zu lassen.

Stan ist nicht alleine nach Malath gereist. Wir haben einen Spitzel an seiner Seite, der uns alles berichtet, alles, was dort geschieht. Es ist seine Katze."

Aruna hörte ungläubig zu. Zu tief saß die Erfahrung aus der fernen Zukunft in ihr, doch spürte sie, dass Judy die Wahrheit sagte. Eine Läuterung, eine Verwandlung hat in dieser Seele der Dunkelheit stattgefunden und sie hatte sich in eine Dienerin des Lichts verwandelt. Mit großem Staunen hörte Aruna Judy weiter zu. „Wir nennen diese Katze Oba, das ist ihr Name. Sie berichtet uns stündlich über den fortschreitenden Werdegang von Stan. Und sie hat uns davon erzählt, dass er zu Aruna, eine tiefe Bindung hat. Diese Verbindung ist ein Pfeiler, eine Brücke auf dem Weg zu seiner Einsicht. Deklet und Seraphis stehen in engem Kontakt zu Oba. Mit jeder Berührung ihres Fells empfängt sie Informationen und gibt diese an uns weiter. Stan ist sehr trotzig", sagte Judy. „Er ist uneinsichtig und sieht sein Fehlverhalten nicht ein."

In diesem Augenblick erschienen Gwen und Lea. Nun standen die vier Frauen im großen Zimmer von Aruna und wirkten wie ein verwelkendes Kleeblatt. Aruna sagte: „Das ist zu viel Information an einen Tag für mich", und Gwen legte ihr mitfühlend die Hand auf die Schulter.

Lea durchbrach das Ganze mit ihrer fröhlichen Art und sagte: „Das schreit nach einer Runde Pakash", und eifrig ging sie zum Schränkchen, in dem eine Karaffe und Gläser verwahrt wurden. „Dann hole ich von dem edlen Tropfen", flötete sie. „Es ist nichts so schwer, als dass es nicht durch ein paar Tröpfchen Pakash etwas leichter wird."

Nach einigen Gläsern des köstlichen Nektars saßen die vier Frauen in fröhlicher Runde beisammen. Das änderte zwar nichts an der prekären Situation, in der sich Atlantis befand, aber gefühlt wurde die Situation etwas leichter. Dann wechselte die fröhliche, heitere Stimmung in eine sachliche. Die Frauen begannen nach alter atlantischer Sitte, Standpunkte auszutauschen. „Also können wir als Konsens festhalten", sagte Gwen, „dass wir etwas tun werden, um zumindest einmal den Einbruch in die Silikat-Welten zu stoppen."

„Ja, so machen wir es", sagte Aruna, „ich werde dies gegenüber dem Rat von Atlantis vertreten."

„Und ich dem Rat von Lemurian", säuselte Lea, die nicht mehr klar Herrin ihrer Stimme war.

„Also Aufbruch", sagte Aruna.

Sie ging zu einer Truhe und zog eine kristalline, mystisch schimmernde Phiole heraus.

Kapitel 19 – George

Was für eine Nacht! Sie war klar wie ein Juwel und umspannte wie ein mit unzähligen Diamanten bestickter, nachtblauer Samt die Berge von Atlantis. Mitten in diesen saß George an einer Quelle. Sein Auftrag auf Malath war ihm ein wenig zu viel geworden und so teleportierte er sich nach Atlantis in die Bergketten der hohen Tausender. Dort fand er ein wenig Ruhe und fühlte so etwas wie seine Bestimmung in sich.

Er saß in einem Hain von Farnen, aus dem immer wieder Seelenlichter aufstiegen, die er sehen konnte, da er ja ein Engel war. Er war schon seit geraumer Zeit ein Wanderer zwischen den Welten, ein Mischwesen, gerettet durch das Licht der Engel vor der Zerstörung seines physischen Körpers. Ein Mischwesen und er diente in den Legionen Raphaels als Bote für heilende Energien. Auch war er ein Begleiter der Seelenreise und wurde Wesenheiten zur Seite gestellt, die sich auf einem schwierigen Teil ihrer Reise durch das Leben befanden.

So war er nun abkommandiert worden, seinen ehemals besten Freund Stan zu begleiten. Ihm fiel diese Aufgabe sichtlich schwer, denn er war konfrontiert mit seinen persönlichen Gefühlen, die ihn mit Stan verbanden. Er konnte nicht klar differenzieren, aber er musste, denn von ihm als Engel wurde genau dieses erwartet: Stan heilende Energien zu vermitteln und ihn auf diesem schwierigen Weg seiner Seelenreise zu begleiten.

George akzeptierte diesen Auftrag, doch wusste er für sich, dass es vielleicht doch eine Nummer zu groß für ihn sein würde, denn er hatte seine Transformation noch nicht sehr lange abgeschlossen. Er war sozusagen ein junger Engel, der noch sehr viel Erinnerung an seine frühere Daseinsform hatte.

Der Ort, an dem er sich nun befand, war seine Zufluchtstätte in Atlantis. Die Quelle neben ihm sprudelte und das Licht des Mondes spiegelte sich in jedem Wassertropfen. Es sah so aus, als fördere die Quelle kein Wasser, sondern Perlenlicht.

Gedankenversunken streckte er seine Zehen in das kühle Nass und sah zu, wie das Wasser durch seinen Fuß hindurchfloss. Er hatte seine astrale Erscheinung gewählt, er sah aus wie ein Mensch, aber sein Körper war für alle Materie durchlässig.

Das ist der Vorteil, wenn du Engel bist, lachte er in sich hinein. Selbst wenn man jetzt versuchte mich zu verletzen, würde jede Form von Waffe einfach durch mich hindurchdringen. Er wusste, dass das engelhafte Dasein viele Vorteile für ihn bot, doch jetzt wünschte er sich am liebsten zu Hause zu sein in seinem Clan und von alldem hier nichts zu wissen.

Während er seinen Gedanken nachging, wurde es plötzlich sehr hell um ihn. Das verwunderte ihn nicht, denn so kündigte ein Erzengel sein Erscheinen an. An Georges Rücken begann es zu prickeln und er spürte, wie ihm Engelschwingen aus dem Rücken wuchsen. Er spannte seine Flügel weit auf, um möglichst viel von diesem Licht einzufangen. Vor ihm nahm der Erzengel Raphael Gestalt an. Ein sehr imposantes Erscheinungsbild. Die Lichtgestalt war gekrönt mit einem Diadem, das aus funkelnden Sternen zu bestehen schien und seine Schwingen funkelten pastellig in den Farben des Regenbogens. „Sei gegrüßt, George", entbot ihm der

Erzengel seinen Gruß. „Ich spüre, dass du dich mit vielen Dingen beschäftigst. Nun ist es aber an der Zeit, dass du nach Malath zurückkehrst. Ich werde dich dort hin geleiten, damit du Stan bei seiner Seelenreise beistehen kannst. An dieser Aufgabe wirst du wachsen. Du wurdest nicht umsonst für diesen Auftrag ausgewählt. Du wirst es lernen zu differenzieren und du wirst lernen müssen, dass seelische Belange oftmals über persönlichen Belangen stehen." George nickte höflich und spürte in sich, dass der Erzengel recht hatte. Dann machten sich beide auf den Weg nach Malath.

Kapitel 20 – Lea

Lea und die drei anderen Frauen machten sich in dieser Nacht auf den Weg ins Gebirge hin zum Heiligtum der Lemurianer. Lea war es nicht ganz wohl bei diesem Gedanken, denn immer noch bestand der alte Ritus, dass Fremde, Nicht-Lemurianer den Heiligen Bezirk nicht betreten durften. Dies war zwar vor vielen Generationen aufgehoben worden, aber Lea wuchs immer noch in dieser alten Vorstellung auf. Somit hatte sie ein ungutes Gefühl, fremde Spezies in den Heiligen Bezirk zu führen. Schnell wischte sie ihre Zweifel beiseite, als sie merkte, wie sie nun mit ihren Freundinnen als eine Einheit dahinzogen.

Die Flugscheibe landete sanft am Heiligen Bezirk der Lemurianer. Lea verneigte sich in Richtung der heiligen Höhle und die anderen taten es ihr gleich. So gingen sie auf einem schmalen Pfad entlang, der sich durch die Hügelkette bahnte, hin zu jenem Ort, den ihnen das kleine Mädchen beschrieben hatte: der Ort, an dem das Lichtschiff ankerte.

Es war immer noch dort und die vier Frauen nahmen das Pulsieren der Kristalle in dem Saugrüssel des Lichtschiffes wahr. „Es ist eine Schande", sagte Gwen, „wie einfach und herzlos Orioner hier handeln."

„Nein", sagte Lea, „sie sind nicht herzlos, sie haben nur eine andere Einstellung. Nicht alles, was ist, ist für sie beseelt, belebt wie für uns. Sie benutzen die Dinge, die sie Rohstoffe nennen, und tun dies ohne Beachtung irgendwelcher ethischen Schranken. Ja, ihr habt mich richtig verstanden: ethische Schranken. Orioner bestechen durch ihre Sachlichkeit und durch ihre eigene Definition von Ethik. Dinge, die ihrer Meinung nach unbelebt sind, sind weniger Wert, werden zum Besitz und werden in die Sachlichkeit eingeordnet. So ist ein Kristall für sie nichts Lebendiges, sondern nur ein Ding, ein Rohstoff, den man benötigt, um etwas herzustellen, um etwas zu produzieren. Und wie ihr wisst, benötigen sie dieses Silikat zur Erhaltung ihrer technischen Module."

„Das ist schön, wenn du das so sehen kannst", sagte Aruna. „Nein, ich sehe es nicht so", erwiderte ihr Lea, „ich erkläre nur, wie sie es sehen."

Sie erreichten den Sockel des Saugrüssels und alle Frauen waren nun entschlossen, das zu tun, was ihrer Meinung nach zu tun war. Aruna zog vorsichtig die Phiole mit der seltsam mystisch glänzenden Flüssigkeit aus ihrer Manteltasche hervor. Sie träufelte diese Flüssigkeit um den Rüssel herum und man merkte sofort eine Veränderung der Schwingung in der gesamten Atmosphäre.

Der Rüssel pumpte weiterhin das Mineral in das Lichtschiff hinein. Doch plötzlich erstarb jenes Saugen und Pumpen. Ein Stillstand trat ein. Dieser Stillstand hatte zur Folge, dass alles, was sich im Rohr und im Lichtschiff befand, sofort erstarrte. Auch die Aggregate des Lichtschiffs erstarrten und so stand dieses auf seinem Saugrüssel inklusive der gesamten Besatzung völlig erstarrt in den Hügeln von Lemurien. Die geheimnisvolle Flüssigkeit war eine Flüssigkeit, die ihr Deklet anvertraut hatte. Eine Flüssigkeit, die Dimensionen so zu überschneiden, dass Zeit nicht mehr weiterfloss. Alles kam zum Stillstand und alles war wie eingefroren, wie in einem Zustand der Zeitlosigkeit. Alles stand still.

So hatten sie nun dieses Lichtschiff stillgelegt und hofften inbrünstig, dass es der Besatzung nicht vergönnt war, einen Notruf nach Orion abzusetzen.

Kapitel 21 – Stan

Stan wurde von sechs Rhianis aus seinem Zimmer herausge-
führt. Der kontroverse Dialog mit Deklet und Seraphis Bey
hatte ihn sichtlich mitgenommen. Er sah seine Situation,
seine Chance auf Heilung nicht wirklich als Chance, sondern
eher als Folter. So ging er nicht leichten Schrittes mit den
Rhianis mit, die versuchten, ihn mit Fröhlichkeit und Scherzen aufzubauen. Alsbald betraten sie eine lichte Höhle. Ein
gewaltiger Felsendom spannte sich über Stan und die Anwesenden. In diesem Dom wuchsen aus der Decke riesige
Bergkristallspitzen in Form von Stalaktiten, die auf das Zentrum der Höhle hinwiesen. Die Spitzen befanden sich gera-
dewegs oberhalb jenes Bettes aus Rosengranit, das für ihn
dort vorbereitet worden war. Deklet stand bereits in der
Höhle, ebenso Seraphis Bey, um Zeuge des Heilungsrituals
zu werden. Eine weibliche Rhianis trat auf Stan zu und legte
ihm einen Celenit-Stab in den Rücken. Sofort spürte Stan
eine wohlige Entspannung, die sich im gesamten Körper
ausbreitete. Aber seine Emotionalität, seine aufgeschäumten
Gefühle verhinderten eine vollkommene Entspannung. So
kam es zu starken Kontraktionen seiner Muskulatur. Sein
Körper schrie nach Ruhe und Entspannung, ebenso sein
Athma. Jedoch ließen seine Gefühle eine solche Entspannung nicht zu.

Lächelnd nahm die Rhianis einen kleinen Celenit-Stab
und hielt ihn Stan an den Kopf. Nun versank Stan im Reich
der Träume. Eine milchige Schwere umgab ihn, er fühlte
sich, als würde er in ein endloses Loch hineinfallen. Aber
dieses Loch erschreckte ihn nicht, sondern war für ihn angenehm warm und wohltuend.

Sanft hob Deklet den leblosen Körper von Stan mit seinem Maul in die Höhe und legte ihn behutsam auf das steinerne Bett. Die Rhianis nahmen ihre Positionen bei den Kristallen ein und auch Deklet nahm seinen Platz am Kopf von Stan ein. Er hockte sich auf seinen Schwanzansatz und spannte majestätisch seine Flügel aus: ein imposantes Bild. Der Drache bot dem leblosen Körper mit seinen Schwingen Schutz. Und selbst Seraphis, der schon vieles als Aufgestiegener Meister gesehen hatte, war immer wieder beeindruckt, wenn Drachen ihre Heilkräfte einsetzten. Deklet legte seinen Kopf in den Nacken und ein karmesinrotes Feuer verließ das Drachenmaul in einem gebündelten Strahl. Er richtete sein rotes Feuer direkt auf die Kristalle über Stan. Sofort begann sich Stans Athma in seiner körperlichen Hülle zu regen. Seine Haut schien von innen heraus rötlich zu leuchten, aber dieses Rot war dunkel, dunkel wie venöses Blut. Das Rot der Kristalle strahlte auf Stans Körper und beide unterschiedlichen Schwingungen der Farbe Rot begannen sich zu vermischen. „Der Zyklus hat begonnen", raunte ein Rhianis dem anderen zu.

Kapitel 22 – Aruna

Vor den Toren von Atlantis herrschte große Umtriebigkeit. Das große Konzil, das der Löwenthron anberaumt hatte, sollte nun auf Luna stattfinden. Die Hektik steckte alle an, obwohl die Medien nur mit einer kleinen Auswahl ihres Gefolges zum Mond fliegen sollten. Vor den Toren von Poseidonis befand sich der große Hangar, in dem die Lichtschiffe gewartet wurden. Dort war besonders viel Umtriebigkeit und Hektik. Jedes Thron-Schiff musste eigens für die Reise vorbereitet werden. Wie Galeeren in einem antiken Hafen lagen die Lichtschiffe nebeneinander und wurden von unzähligen Wesenheiten für ihre Reise zum Mond vorbereitet. Es gab viel zu tun, denn jedes Lichtschiff hatte Bekleidung und ebenso Nahrungsmittel für ungefähr zweihundert Personen an Bord. Luna war nicht besiedelt. Dort befand sich nur ein großer Tempel, der Tempel der Einheit, in dem die Konferenz abgehalten werden sollte.

So war auch das Gefolge von Aruna in den letzten Vorbereitungen vor dem Abflug. Es wurden Kisten geschleppt, Koffer getragen. Aruna befand sich in ihrem Büro, wo sie noch einige Depeschen zu unterzeichnen hatte, damit während ihrer Abwesenheit von der Erde alles seinen gewohnten Gang weitergehen konnte.

Arunas Gedanken waren bei dem Lichtschiff der Orioner, das sie vor einigen Nächten stillgelegt hatten. Und prompt, wie sie es geahnt hatte, war eine Reaktion erfolgt. Sie wurde überschüttet von Anfragen der Kristalle aus den Gebieten von Orion. Sie hatte entschieden, diese Anfragen nicht zu beantworten. Doch die Nichtförderung des so wichtigen Minerals für die Orioner war entdeckt worden und somit war eine offene Wunde des Konflikts erschaffen, dessen Feuer nun langsam dahinschwelte.

Nachdem Aruna ihre Büroarbeit erledigt hatte, machte sie sich auf in ihre Gemächer, wo schon ihre Dienerin und auch Judy auf sie warteten. Judy war in den letzten Tagen nicht zu einer Freundin, aber zu einer wichtigen Begleiterin in ihrem Leben geworden. Judy hatte sich gewandelt. Sie war eine Person voller Hingabe und Liebe, welche in die Mysterien der Shoumana eingewiesen war, seitdem sie durch das große Portal eingezogen und direkt in Atlantis gelandet war.

Wir teilen das gleiche Schicksal, dachte Aruna noch bei sich, als sie Judy sah. Judy kam auf sie zu und umarmte sie herzlich, küsste sie links und rechts auf die Wange und sagte: „Ich wünsche dir eine gute Reise und eine gute Zeit auf Luna. Kehrt erfolgreich zurück und findet gute Energien der Diskussion und des energetischen Austauschs."

Aruna antwortete ihr: „Das wünsche ich mir auch und hoffe, dass wir einen Konsens finden können und nicht ein solches Desaster erleben, wie zuletzt in der großen Halle der Pyramide von Poseidonis." Die beiden Frauen verabschiedeten sich voneinander und gingen in entgegengesetzte Richtungen. Aruna entfernte sich in Richtung ihrer Gemächer und Judy Richtung Garten der Pyramide von Poseidonis, um dort ihren täglichen Meditationen zu folgen. Doch plötzlich blieben beide Frauen stehen, drehten sich um und lachten aus vollem Halse. Sie hatten beide den gleichen Gedanken.

Warum sollte Judy Aruna nicht nach Luna begleiten und somit ihre Beziehung, ihre beginnende Freundschaft kräftigen und stärken. Sie gingen wieder aufeinander zu, erzählten sich ihre Idee und kamen überein, dass es gut wäre, nun wirklich zusammen zum Mond zu fliegen. Judy meinte: „Ich habe schnell gepackt", und entschwand sofort in Richtung ihres Gastgemachs, um dort ihre wenigen Habseligkeiten zusammenzusuchen. Sie verabredeten als Treffpunkt den Hangar der Lichtschiffe und trafen sich eine Stunde später vor dem Eingangsportal des Lichtschiffes des Widders, das mit wunderschönen Ornamenten aus Elektrum verziert war.

Auch Arunas Entourage war schon eingetroffen. Sie bestiegen das Lichtschiff und winkten noch einmal der versammelten Mannschaft zu, die am Fuß des Lichtschiffes stand. Dann begann die Luft um das Lichtschiff herum zu flirren, so, wie es immer war, wenn ein Schiff abhob. Dies war eine ganz besondere Atmosphäre, eine ganz besondere Schwingung, denn das Lichtschiff war von einem Energiefeld umgeben, welches in allen Farben des Regenbogens leuchtete. Die Natur um den Hangar herum verneigte sich und dann erhob sich das Lichtschiff leise sirrend in Richtung Luna. Sie flogen nur mit einem geringen Anteil ihrer Energie und würden Luna in circa einer halben Stunde erreichen, denn für Vollgeschwindigkeit war die Entfernung zum Mond viel zu gering.

Nach einer halben Stunde setzte das Lichtschiff nach einem ereignislosen Flug vor dem großen Tempel der Einheit in einem speziell hergerichteten Nothangar auf. Der Tempel verfügte nicht über einen eigenen Hangar und auch nicht über Einrichtungen für Reisende, denn dieser Tempel war ein Tempel der Meditation und der Stille und war nicht als ein Ort großer Versammlungen geplant.

Doch der Löwenthron hatte diesen Ort mit Bedacht gewählt, denn manchmal war es sinnvoll, etwas Abstand zum Alltäglichen zu finden, um in der Abgeschiedenheit mit einem Blick aus einer gewissen Entfernung auf die alltäglichen Dinge zu schauen und zu entscheiden, wie neue Dinge zu planen, oder zu tun sind.

Als Aruna ihr Lichtschiff verließ, sah sie schon in der Ferne die Lichtschiffe der anderen Throne kommen. Aruna wurde von zwei Priesterinnen des Tempels hinein in die Gastunterkünfte geleitet, die eigens für dieses Konzil errichtet worden waren. Sie waren schlicht und einfach, aber doch angenehm und es musste auf nichts verzichtet werden. Natürlich waren sie nicht so komfortabel wie die Residenzen auf der Erde in Atlantis, aber man konnte es hier gut einige Zeit aushalten. Aruna war ohnehin ein Medium, das nicht besonders viel Wert auf Luxus legte und konnte somit dort sehr gut verweilen.

Im Gästehaus des Konzils gab es ein großes Hallo. Die Medien und auch die Höflinge untereinander sahen sich wieder. Da sie selten Kontakt miteinander hatten, freuten sie sich ganz besonders, sich bei diesem Ereignis wieder einmal zu sehen. Überall herrschte eine Atmosphäre freundlicher Begrüßungen, des Lachens und der Freudigkeit. Es war eine Freude, sich nach so vielen Jahren wieder einmal sehen zu können, aber niemand vergaß den ernsten Hintergrund.

Dann landete das Lichtschiff des Löwen und auch der Löwenthron bezog mit seinem Gefolge seine Gasträume.

Nun waren alle da und warteten gespannt auf den Beginn des großen Konzils auf Luna. Es sollte ein besonderes Konzil werden, das wussten sie alle, doch was genau geplant war, wusste niemand. Auch der Löwenthron wusste es nicht. Denn, wie man munkelte und es wurde viel gemunkelt zu jenen Zeiten in Atlantis, gab es Durchgaben und Energieas-

similationen der großen Transponderkristalle unter Poseidonis, die auf eine grundlegende Veränderung der Erde
hinwiesen. Aber das sollte auch Gegenstand dieses Konzils
sein. Somit war alles in freudvoller Erwartung.

Kapitel 23 – Stan

Der Nebel kroch schwer wie flüssige Zuckerwatte von den Bergen von Malath und legte sich wie ein dickes, graues Tuch in die Senken der Täler. Stan erwachte langsam und wunderte sich darüber, in seinem Zimmer in seinem Bett zu erwachen. Seine Siran-Katze schnurrte neben ihm auf dem Fußboden und er griff instinktiv in ihr Fell.

Er fühlte sich noch etwas benommen, aber nicht schlecht. Sein Körper hatte seit Langem geschmerzt, aber als er jetzt erwachte, schmerzte er nicht. Er war völlig schmerzfrei. Sein Körper fühlte sich so juvenil und frisch an, wie schon lange nicht mehr. Was war geschehen?

Er wusste nur noch, dass er ohnmächtig geworden war, dass ihm alles entglitten war und er erinnerte sich an den freien Fall seines Bewusstseins in ein großes schwarzes Nichts, was er aber nicht als unangenehm empfunden hatte.

Langsam ordnete er seine Gedanken und dabei schaute er auf seine Hände.

Er schien noch derselbe zu sein, dachte er bei sich, und er hatte große Angst davor, viele Dinge nicht mehr zu wissen. Er versuchte sich an seinen Gang durch das große Portal an diesem See in England zu erinnern. Er versuchte sich auch an Julia zu erinnern, an ihre Begegnungen, alle diese Erinnerungen waren noch da. Er versuchte sich an seine Zeit in den Lichtkriegerschulen auf Mars zu erinnern und auch hier waren alle Erinnerungen noch da. Und doch war etwas anders. Der Groll, die Bitterkeit, das, was ihn bestimmt hatte in den letzten Monaten, seitdem er zur Erde geschickt worden war, all dieser Groll, all diese Bitterkeit schien da zu sein, aber für ihn nicht mehr greifbar. Es war zwar spürbar, doch er konnte keine Kraft, keine Energie aus diesem Groll, aus dieser Bitterkeit ziehen. Es ist seltsam, dachte er, ich fühle mich gut. Bei diesem Gedanken erschrak er. Denn war es nicht die Bitterkeit, war es nicht der Groll, die ihn motiviert hatten, seinen Plan umzusetzen und zu bewegen. Hatte er nicht aus dieser Energie etwas erschaffen, und wie er immer noch meinte, etwas Gutes erschaffen? War es nicht wichtig, den Planeten mit diesem Kontinent Atlantis zu schützen? All diese Gedanken kreisten in Stans Kopf. Aber ein wohliges Gefühl von Wärme und von etwas Großem, Ganzen, Machtvollen, Liebevollen, das ihn einhüllte, umgab ihn die ganze Zeit.

„Das sind die Folgen der Behandlung", hörte er eine Stimme. Durch ein großes Fenster steckte Deklet seinen Kopf und schaute ihn freundlich an. Das Funkelnde, das Drohende das Deklet in seiner Stimme hatte, während er mit Stan in früheren Zeiten sprach, alles das war verschwunden.

Deklet sprach sanft und deutlich mit ihm und Stan erwiderte mit einem freundlichen Gruß. „Wie viele dieser Behandlungen werde ich noch erhalten?"

Deklet lächelte und antwortete: „Noch einige, mein junger Freund, noch einige. Wie fühlst du dich?"

„Ich fühl mich gut", antwortete Stan. „Zum ersten Mal seit vielen Monaten bin ich schmerzfrei in meinem Körper."

„Ja", sagte Deklet. „Das Gift des Grolls und des Negativismus verlässt jetzt langsam deinen Körper und kann nicht mehr wirken. Die erste Folge davon ist, du spürst keinen Schmerz mehr. Dein Körper, der sonst zwischen allen Kräften in ihm einen Ausgleich erschaffen musste, hat jetzt eine Zeit der Ruhe nötig und muss sich von deinen trüben Gedanken und wilden Gefühlen, die dich vor sich her peitschten, erholen. Diese Gefühle sind noch da, aber versorgen deinen Körper nicht mehr mit der Energie des Ungleichgewichtes." Stan nickte stumm und erhob sich von seinem Bett. Er schwankte ein wenig, denn die Behandlung hatte auch seinen Körper ein wenig in Mitleidenschaft gezogen. Denn jede Muskelfaser speichert die Energie von Hass und Groll. Somit wurde über spezielle Kristallkonstellationen der Wassermelonen-Turmaline an seinem Kopf diese Energie aus seinen Muskelfasern gezogen. Dieser Vorgang ist nicht schmerzhaft, aber schwächt ein wenig die Muskulatur. Somit ist nach solch einer Behandlung auch eine Ruhephase nötig.

„In ferner Zukunft", sagte Deklet, „wird diese Form der Heilung und Reinigung alle sieben Jahre über deine Spezies kommen", sagte Deklet. Diese Form der Behandlung ermöglicht dir eine Befreiung deiner Gefühle und eine De-Speicherung deiner Knochen, deiner Sehnen und Muskulatur, damit hier Freiheit in den ganzen Ebenen erfahrbar werden kann." Stan nickte und versuchte die Koordination seiner Beine hinzubekommen. Das sah etwas komisch aus und führte dazu, dass er unweigerlich lachen musste. Auch Deklet lachte. Eine entspannte Atmosphäre.

„Hast du Lust auf einen Spaziergang?", tönte es plötzlich von der Tür. Es war George, der in der Tür aufgetaucht war.

„Oh, spazieren gehen wäre nicht so gut", sagte Stan und zeigte auf seine wackeligen Beine. „Ich fühle mich noch etwas geschwächt nach der ersten Behandlung."

Deklet sagte: „Ich bestelle euch ein Frühstück hier aufs Zimmer. Unterhaltet ihr euch über alte Zeiten, das ist, glaube ich, besser als ein Spaziergang." Dem pflichtete George bei und die beiden Männer setzten sich an einen Tisch. Deklet entschwand, um das versprochene Frühstück zu bestellen.

Kapitel 24 – Gwen

„Die Aktion mit dem Lichtschiff, Lea, war schon eine stramme Sache", sagte Gwen zu Lea, als sie durch die Mapo-Felder spazierten. „Ich hätte nie gedacht, dass Aruna so kühl und berechnend eine solche Aktion ohne Zustimmung des Großen Rates einfach durchführt. Sie wird es beichten müssen, wenn sie auf Luna ankommt", sagte Gwen, „denn dieses stellt einen energetischen Angriff auf Orion dar. Dieses Handeln wird nicht ohne Folgen bleiben."

Lea erwiderte: „Das habe ich schon gehört, denn Aruna teilte mir mit, während sie den Transponder benutzte, um mit mir zu kommunizieren, dass einige Depeschen von Orion angekommen seien, dass sie es aber vorzöge, diese Depeschen noch nicht zu beantworten und erst das große Konzil auf Luna abwarten werde." Versonnen zupfte Gwen an einer Blüte der Mapo-Pflanze, um die Qualität der Blüten zu testen, ob sie sich zur Gewinnung des kolloidalen Silbers eigneten.

„Ja, du hast recht", sagte Gwen, „sie wird es beichten müssen. Sie wird wirklich beichten müssen. Aber ich bin gespannt, wie der Große Rat dann reagieren wird. Ich hoffe nicht, dass es wieder Krieg gibt", sagte Lea, „denn die Alten erzählen immer noch mit großem Schaudern von den Entbehrungen und Entsagungen während des großen orionisch-plejadischen Krieges, der so viele Wesenheiten im Universum das Leben und die Existenz ihrer Heimatwelten gekostet hat."

„Dazu wird es schon nicht kommen", sagte Gwen. „Ich habe hier einfach ein gutes Gefühl", und zupfte weiterhin besonnen an der Mapo-Pflanze herum. „Die Ernte wird dieses Jahr nicht so gut ausfallen wie letztes Jahr."

„Hm, das macht aber nichts", sagte Lea, „denn wir haben noch vieles in unseren Speichern und wenn die Natur sich jetzt von dem großen energetischen Impact erholen muss, dann ist es wichtig, dass sie auch die Zeit bekommt, sich zu erholen."

Während die beiden Frauen über die ernst zu nehmende politische Lage in Atlantis und deren Folgen oder auch möglichen Folgen sprachen, huschte ein Rudel Wildschweine durch das Mapo-Feld direkt vor ihren Augen vorbei. „Ach, sie haben auch Hunger", sagte Lea und begrüßte die leitende Bache des Rudels, die mit ihren Frischlingen direkt auf sie zukam. Lea wies die Wildschweine in ein besonderes Teil des Feldes, wo sie essen und auch graben durften. Die Schweine gehorchten wie kleine Schoßhunde und gingen in das Areal, das Lea ihnen zuwies. An diesem Platz konnten sie nach den köstlichen Wurzeln der Mapo-Pflanze graben. Hier sah man wieder einmal die große Harmonie mit allem, was ist, denn jede Wesenheit war erlaubt, jede Wesenheit wurde in ihrer Eigenart und in ihren eigenen Dingen gefördert aber auch gefordert. Durch das Umgraben der Wildschweine mit ihren Rüsseln wurde die Erde für die Aussaat neuer Mapo-Pflanzen vorbereitet. So war das Pflügen gänzlich unbekannt in Lemurien.

Kapitel 25 – Aruna

Silbern stand die Venus am Nachthimmel und strahle ihr Licht auf Luna. Aruna saß verträumt am Fenster und blickte in Richtung Erde, die sich langsam über dem westlichen Horizont des Mondes als blau strahlende Kugel erhob. Wie ein großer polierter Lapislazuli, dachte Aruna, blau, strahlend und schön, harmonisierend und ausgleichend und das eigentliche seelische Wesen zum Vorschein bringend. Die Atlanter dachten, durch ihr Wirken und Tun der Seele, dem Athma des Planeten Gaia zu dienen. Das taten sie nach ihrer Ansicht auch, doch sie taten es in einer Form der mangelnden Selbstreflexion und selbst dieses kann zu einem Ungleichgewicht der Kräfte führen. Wie sagte einst ihr Lehrer Deklet: „Selbstreflexion und Selbstannahme in Harmonie erschafft das Prinzip der Selbstachtung und der Selbstliebe. Diese Energien ermöglichen ein Lieben der anderen Spezies und ein Erkennen dessen, was wirklich benötigt wird."

Diese Ur-Werte von Atlantis galt es neu zu beleben und deshalb wurde dieses Konzil auch abgehalten. Atlantis musste zurückkehren zu seinen eigentlichen Werten, um die Harmonie zum Athma des Planeten Erde wieder leben und spüren zu können.

Etwas unsanft wurde Aruna durch einen schrillen Pfeifton aus ihren Gedanken gerissen. Dieser Pfeifton war ein Ton der Sammlung und wurde von einem Shoumana ausgestoßen, der sich inmitten der großen Halle des Tempels der Einheit befand. Sie zog sich eilig ihren Prunkmantel an, den sie sich aus royalblauer Mapo-Seide hatte fertigen lassen und der mit den Hauptsonnen des Sternenfeldes Widder bestickt war. Das sah sehr majestätisch zusammen mit ihrem hellsil-

bernen Kleid aus, das von seiner Textur ein wenig an Fisch-
schuppenhaut erinnerte und in dem sich das fahle Licht der
Venus wunderbar spiegelte. Sie hatte sich entschlossen auf
das Tragen der Tiara beim ersten Treffen zu verzichten und
so fiel ihr langes kastanienbraunes Haar in langen Wellen
kaskadenartig über den Mantel. Aruna sah schlicht und
dennoch majestätisch aus. Zwei Dienerinnen ihrer Entourage erschienen und geleiteten sie standesgemäß in die große
Halle. Noch nie, dachte Aruna, habe ich so etwas Wunder-
volles gesehen.

Die Halle war ein prächtiger Raum. Eine riesige Kuppel
überspannte ein achteckiges Gebäude. Die Kuppel war aus-
gekleidet mit einem hell orangen Karneol. Der Boden bestand aus puren Elektrum-Platten, in denen sich das Orange
des Karneols spiegelte. Im Zentrum hatte man eilends zwölf
hölzerne Throne für die Medien von Atlantis errichtet und
hinter den Thronen jeweils die Standarten des Thrones gestellt. Dann hatte man notdürftig eine hölzerne Bestuhlung
entwickelt, die sich in ferner Zukunft in den Aufbauten eines
Amphitheaters widerspiegeln sollte. Diese Bestuhlung, diese
Bänke, waren für die Gefolge der Throne gedacht. Auch
mussten Protokolle geschrieben werden und die Atlanter
benötigten eine extra Vorrichtung, die frisch zu program-
mierenden Kristall abzulegen, um diese später in die Transponderkristalle der Erde einspielen zu können.
   Im Zentrum der Throne schwebte, gehalten durch das
Licht des Zentralgestirns der Sonne, ein drei Tonnen schwerer Diamant, der in mühevoller Kleinarbeit von den Ottus
geschliffen worden war, facettenreich und funkelnd. In die-

sem Diamanten waren die zentralen Sonnen der Heimatwelten aller Völker eingraviert worden.

Dieser Stein war so besonders, dass er in einer fernen Zukunft für vielen Generationen einer noch zu erschaffenden Wesenheit ein großes Mysterium sein sollte. In den historischen Schriften einer fernen Zukunft findet sich sein Beiname: Stein der Weisen, ein Stein, der Unedles in Edles verwandeln konnte.

Der Diamant funkelte in allen Farben des Regenbogens und warf seine Lichtspiele auf die Karneol-Platten der Kuppel. Wundervolle Ornamente der Lichtspiegelungen erfüllten den Raum.

Aruna sah, dass sie nicht die Letzte war, einige der Throne waren noch nicht besetzt. Sie hielt Ausschau nach ihrer Standarte, sah sie und bewegte sich auf ihren Platz zu. Ihr Gefolge nahm auf den Bänken Platz, welche mit dem Widdersymbol gekennzeichnet waren. Einige Wesen aus dem Haus Rhubinius hatten sich bereit erklärt, während des Konzils die Bewirtung der Gäste zu übernehmen und sie flogen eilig mit kleinen Speisen und Getränken durch die Halle, um die vielen Gäste des Konzils zu bewirten. Die Medien bekamen nichts von der Bewirtung, denn in der Öffentlichkeit Nahrung zu sich zu nehmen galt im höfischen Protokoll von Atlantis für ein Medium als unschicklich. Das Konzil konnte beginnen.

Kapitel 26 – Stan und George

„An das dumme Gesicht erinnere ich mich immer wieder gern", prustete Stan und klatschte dabei seine Hand so fest auf seinen Oberschenkel, dass dieser sofort zu schmerzen begann. Auch George schüttete sich aus vor Lachen.

„Ja, sie hat wirklich dumm geguckt."

„Das waren noch Zeiten in der Lichtkriegerschule", sagte Stan.

„Manchmal wünschte ich mir, ich könnte die Zeit an diesen Punkt zurückdrehen, an dem wir doch glücklich und unbeschwert waren."

„Das wünsche ich mir manchmal auch", sagte George, „aber das ist nicht möglich. Doch es ist uns in der jetzigen Situation möglich, mit den jetzigen Gegebenheiten eine neue Zeit zu erschaffen, in der wir glücklich, zufrieden und frei sind."

„Oh, machen wir jetzt einen auf Therapie", sagte Stan zynisch.

„Nein", sagte George, „das ist mein voller Ernst. So wie du dich mit deiner Rolle hier als Patient der Rhianis und mit dem Vergangenen, das du getan hast, arrangieren musst, so muss auch ich mit der neuen Situation anfreunden. Ich habe die Verbindung zu meinem alten Leben komplett verloren. Manchmal denke ich, wäre es besser gewesen, ich wäre auf dem Mars verstorben. Aber mein Athma wollte es anders. Nun lebe ich ein Leben als Mischwesens. Ich lebe ein Leben der Veränderung und bin dazu da, Wesenheiten zu begleiten. Ich bin dazu da, neues Leben mitzugestalten, und ich bin für dich da, Stan. Nicht nur, weil es ein Auftrag ist, sondern weil ich dich liebe und dein Leben für mich sehr wichtig ist. Denn über dich lebe ich ein Stück weit mein Leben weiter und kann mich über dich mit verwirklichen.

In einer fernen Zukunft wird dieses „lieben" genannt, ergänzend, mitfühlend, einander tragend, gemeinschaftlich wirkend. Das ist das, was ich hier tue. So ist es nicht nur ein Auftrag, den mir mein Erzengel gab, sondern auch eine Chance für mich, über dich in einer menschlichen Form auf der Erde weiter zu sein. Wir heilen einander und dieses führt zu einem großen Feld der Heilung." George beendete seine Rede, Stan hatte aufmerksam zugehört. Er wurde nachdenklich und in ihm regte sich ein warmes Gefühl der Verbundenheit zu George. Ihm fiel auf, dass George innerlich zu leuchten begann.

Kapitel 27 – Das Konzil

Alle waren nun anwesend. Eine Rhianis begann, die erste Strophe des Lebenslieds zu singen. Dieses war bei großen Versammlungen des Hofes oder bei großen Konsultationen der Medien so üblich. Die erste Strophe beschreibt die Entstehung aller Dinge. Dieses Lied stellt eine Hommage an das Leben in allen seinen mannigfaltigen Formen dar und preist die Liebe als das höchste Bewusstsein und die höchste Stufe aller Seinsebenen für alle Völker der Universen.

Alle erhoben sich von ihren Sitzplätzen und lauschten der glockenhellen Stimme der Rhianis. Die anwesenden Lemurianer legten ihren Kopf in den Nacken und gurrten eine Melodie dazu. Der Diamant funkelte im Licht der Sonne und es entstand eine Sinfonie aus Licht und Tönen, die alle tief in ihren Herzen berührte.

Nun meldete sich das Medium des Löwenthrons zu Wort:

„Liebe Anwesenden. Wir möchten euch herzlich zu unserem Konzil begrüßen. Nachdem die Transmitterkristalle nun geschaltet sind, begrüße ich auch die Bewohner der fernen Welten und die Mitbewohner der Erde. Wir als Löwenthron haben dieses Konzil einberufen um euch mitzuteilen, dass es energetische Veränderungen in den Transmitterkristallen gegeben hat. Seit nunmehr sechzig Zeitzyklen verdichten sich die kristallinen Informationen aus den verschiedenen Sternenfeldern dahin gehend, dass wir einschneidende Veränderungen im Universum zu erwarten haben. Immer mehr Völker schließen sich zu Allianzen zusammen, um dieser, ich möchte es einmal Bedrohung nennen, entgegenzutreten. Diese Bedrohung geht aus den Energiewellen der missbräuchlichen Macht und dem Großmachtstreben einiger Sternenvölker hervor.

Eine gute Lösung erscheint uns das, was die Bewohner von AN uns vorleben. Sie schließen sich zu großen Allianzen zusammen in dem sie Koexistenzen bilden und somit ein Bollwerk errichten, um ihre Ethik und ihr Bewusstsein vor diesen Übergriffen zu schützen. Nach genauem Studium der Kristalle sind wir zur Ansicht gekommen, in Erwägung zu ziehen, derartige Allianzen auch für den jungen Planeten Erde in Betracht zu ziehen. Somit überlegen wir, eine Allianz mit den Bewohnern der Venus zu schmieden und diese Allianz unter den Bewohnern des Vereinten Atlantis zu festigen."

Ein Raunen ging durch die Gemeinschaft der Anwesenden, denn solche eng geschmiedete Allianzen gab es bereits, die zur Gründung des Staatengebildes in Atlantis geführt haben. Für die Wesen der Venus war es nicht möglich, dieser Allianz beizutreten, da die Venus über eigene atmosphärische und geologische Besonderheiten verfügte, die es auf der Erde nicht gab. Man stand aber auf der Erde in regem Austausch mit dem Hohen Rat der Kumaras und so gab es diverse Handels- und Informationsabkommen zwischen den Partnerplaneten.

Erneut hob der Löwen-Thron an zu sprechen:

„Nach dem Studium der Kristalle, der diversen Gründungsgeschichten der Völker unter Einbeziehung der religiösen, philosophischen und kulturellen Unterschiede sind wir zur Ansicht gelangt, dass wir hier eine Allianz des Fleisches schmieden sollten, die uns auf Dauer miteinander verbindet und eine Auflösung und Separation unmöglich macht."

Ein anerkennendes Raunen, das auch der Verwunderung Ausdruck verlieh, erfüllte den Raum. Das Medium des Löwenthrons zeichnete sein Symbol in den Äther und vor dem Auditorium erschien ein Hologramm. Aruna war sehr erstaunt, als sie die Darstellung eines nackten menschlichen Körpers sah. „Dieses ist die gemeinschaftliche Vorstellung der Informationen, die wir aus den Sternen erhalten haben. Wir nennen dieses Wesen „Humanoid". Ein Körper, der auf Kohlenstoffatombasis aufgebaut ist und über einen großen Anteil von Wasser verfügt, welches wir auf dem Planeten Erde zur Genüge haben, denn durch den Einschlag der Eiskometen ist auch ein dauerhafter Nachschub von Wasser gewährleistet. Dieser Körper kann aus der Vereinigung aller Völker von Atlantis gebildet werden, wenn jeder bereit ist, seine Grundessenz diesem Körper zur Verfügung zu stellen."

Eine tumultartige Unruhe brach aus. Die Wesen des Hauses Rhubinius, welche auch für Ordnung im Saal zuständig waren, hatten große Mühe die bewegte Menge wieder zur Ruhe zu bringen. Eine Ruhe, die der Würde des hohen Ortes durchaus entsprach. „Bedenkt, wo ihr hier seid. Dieses ist der Tempel der Einheit. Höret zu und lasst uns zu einer Kultur des informativen Austauschs zurückkehrten", mahnte der Sprecher des Hauses Rhubinius und wedelte dabei so heftig mit seinen Schwingen, dass er fast einen Salto in der Luft vollführte. Die Menge besann sich und nahm ihre Plätze wieder ein.

Aruna wurde sich der Tragweite dieser Situation sofort bewusst. Hier beschloss man die Erschaffung ihrer Spezies, einer Spezies, die es in einer fernen Zukunft geben und zu der sie gehören würde. Und auch Judy, Gwen und Stan würden zu dieser Rasse gehören.

Sie erlebte die Geburtsstunde des Menschen.

Kapitel 28 – Stan

Stan war in einer Phase der Erholung. Die Zyklen der Rhianis-Behandlungen waren so angesetzt, dass Stans physischer Körper genügend Zeit hatte, die Schwingungsinformationen zu verarbeiten. Er ging auf einem Spaziergang durch eine parkähnliche Landschaft und dachte über die Worte von George nach, die dieser zu ihm gesprochen hatte. In seinem Inneren war er tief bewegt. Wie viel Hingabe gehört dazu, sein eigenes Leben mit dem Leben eines Anderen zu verknüpfen und somit eine Endgültigkeit und Untrennbarkeit hervorzurufen, so wie George es mit ihm tat. Eine Heilung, die beide betrifft, eine Heilung, die über das Verstehen hinausgeht. Eine Form der Liebe und Zugewandtheit, die über alles hinausragte, was Stan in der Welt von Atlantis oder aber auch in seiner früheren Welt in einer fernen Zukunft jemals erlebt hatte.

Es ist doch seltsam, dachte er, wie sich alles nach und nach zu einem großen Ganzen, Ewigen zusammenfügt.

Er wurde aus seinen Gedanken gelockt, als er einen kleinen Vogel beobachtete, der emsig an einer Blüte nach Nektar suchte. Er sah aus wie ein Juwel. Seine schillernden Flügel bewegten sich so schnell, dass Stan ihnen mit seinen physischen Augen kaum folgen konnte. Er lächelte still in sich hinein. Lange hatte er in sich dieses Gefühl nicht mehr verspürt, dass ihn etwas zum Lächeln brachte. Während der letzten Zyklen hatte er sehr wohl schöne Dinge gesehen, aber die Zerrissenheit in ihm machte das Schöne, das er sah, zunichte, indem Schönheit nicht Schönheit sein durfte, sondern gepaart war mit der unstillbaren Gier, das Schöne für sich alleine besitzen zu wollen. Das zerstörte in ihm den eigentlichen Blick für die Schönheit. Ein Gefühl der Dankbarkeit erfüllte ihn, dass die Schönheit des kleinen Vogels ihn dazu brachte zu lächeln, ohne besitzen zu wollen. Was habe ich getan, dachte Stan und in ihm begann ein innerer Dialog. Ein Dialog, der ihn langsam aber stetig in den inneren Kern seines liebevollen Wesens zog. Seine Siran-Katze, die neben ihm ging, beobachtete ihn unablässig und schnurrte. Er streichelte ihr zärtlich über den Kopf.

Judy auf Luna lächelte.

Kapitel 29 – Judy

Judy befand sich in ihrem Zimmer auf Luna. Die Siran-Katze auf Malath schickte ihr die energetische Frequenz von Stans Zustand und Judy musste lächeln. Wie nahe waren sich Stan und Judy in ihren Entwicklungen. In einer fernen Zukunft in die Dunkelheit hineingeboren entwickelte ihre menschliche Gerechtigkeit in ihnen ein Energiefeld der Läuterung und Transformation. Judy dachte über ihren eigenen Weg nach, ihr Fallen durch das Portal und ihre Ankunft bei den Shoumana. Mittlerweile war sie glücklich, von den Shoumana adoptiert worden zu sein. Doch das war nicht immer so, denn zu Beginn versuchte sie alles, um von den Shoumana zu fliehen, um das Reich von Atlantis zu verlassen. Sie vermisste die vermeintliche Geborgenheit der Dunkelheit und den rituellen Dienst an ihrem dunklen Meister. Doch die liebevolle und beständige Fürsorge der Shoumana-Gesellschaft und ihr Ausgerichtetsein auf harmonische Abläufe, das Preisen der Schönheit der filigranen Strukturen der Natur und deren Umsetzung in Shoumana-Architektur brachte sie dazu, ihren eigenen Wert und ihren eigenen Platz des Athmas in sich zu erfahren und zu erkennen. Somit war die heilende Transformation die Folge oder die Frucht des Erkennens ihrer eigenen Seele. Und so ging sie den Weg der Veränderung.

In den darauf folgenden Zyklen wurde sie sich mehr und mehr der Shoumana-Präsenz in sich bewusst und auch über die Möglichkeit, sich umgebende Wesen dienstbar zu machen. Nicht aus Gründen des Überwachens, sondern aus Gründen des Dienstes und der Harmonisierung und der

Verhinderung von kollektiven und großen Disharmonien. So spezialisierte sie sich auf die Wesenheiten, die sie schon in einer fernen Zukunft immer wieder bewunderte, die Wesenheiten der Katzen. Sie zog liebevoll ein Katzenjunges auf, dessen Mutter bei der Geburt verstorben war, und prägte dieses Tier mit einer engen telepathischen Bindung an sich. Sie nutzte dieses Tier nun für die Weitergabe von Energie an Stan. Der Informationsaustausch war nur ein Nebenprodukt, aber ein durchaus gewollter. Judy empfing, dass Stan sich mehr und mehr in einem Energiefeld der Transformation bewegte. Damit war sie sehr zufrieden. Sie dachte an Aruna und sie dachte daran, wie Stan und Aruna sich in einer fernen Zukunft ineinander verlieben würden. Diese Liebe war jetzt schon da, greif- und spürbar. Judy lächelte bei dem Gedanken an die beiden und gönnte ihnen ihre Liebe von Herzen.

Kapitel 30 – Das Konzil

Die einzelnen Abgesandten der verschiedenen Wesenheiten aus dem Vielvölkerstaat Atlantis zogen sich in ihre Gremien zur Beratung zurück. Die Rede des Throns des Löwen hatte für ziemlichen Aufruhr gesorgt. So war eine fachliche Beratung von großer Notwendigkeit. Diese Entscheidung wurde nicht nur den Medien überlassen, sondern auch den Delegationen, die sie zu diesem Konzil begleitet hatten. Verschiedene ethische, wissenschaftliche aber auch rechtliche Dinge der Sternenverfassungen wurden durch diese Verschmelzung der DNA-Stränge, und dieses bedeutete es schließlich, erforderlich.

Aruna hatte sich mit ihrem Hof in einen Beratungsraum zurückgezogen, der schicksalhaft das Turmalinzimmer genannt wurde und ihnen von den Hüterinnen des Tempels der Einheit zur Verfügung gestellt wurde. Dieser Raum war gemütlich und zweckmäßig und so nahmen alle auf ihren Sitzgelegenheiten Platz. Aruna erschuf energetisch eine Schutzbarriere um den Raum, sodass ein jeder offen sprechen konnte und der Raum abhörsicher war. Als sie das Ritual des Schutzes vollzogen hatte, brach sofort eine rege Diskussion in ihrem Hofstaat aus.

Aruna hörte sich alles an, wägte ab und gab von Zeit zu Zeit ihren Kommentar dazu. Ihr wurde schlagartig bewusst, dass sie letztendlich die Entscheidung zu treffen hatte, ob eine Verschmelzung der atlantischen DNA mit der DNA anderer Sternenrassen ermöglicht werden könnte oder nicht. Sicherlich halfen ihr dabei die Beratungen und sicherlich waren die einzelnen Meinungen ihrer Höflinge wichtig, beeinflussten sie auch, aber die letztendliche Entscheidung lag auf ihren Schultern. Insgeheim wünschte sie sich Deklet herbei, denn der alte Drache war ihr in solch schwierigen Situationen immer ein guter und neutraler Ratgeber gewesen. Doch dieser Rat war nun nicht einzuholen.

Die Diskussionen im Turmalinzimmer wurden langsam schwächer. Vieles wurde gesagt und ausgetauscht. Aruna bemerkte in sich, dass das Ausgleichen ihrer Reden, das Beschwichtigen und das konzentrierte Zuhören doch sehr anstrengend waren. So entschloss sie sich, die Diskussion zu beenden und jeden in die große Halle des Tempels der Einheit zu befehligen, um dort in der Stille und der Betrachtung des Sternenlichts des Diamanten in sich wieder eine innere Ruhe und Ausgeglichenheit herzustellen. Sie wusste, aufschäumende Gefühle waren hier in dieser Situation ein schlechter Ratgeber. Der Hofstaat tat, wie ihm geheißen war. Sie selbst suchte ihren Schlafraum auf, legte sich auf ihren Diwan und versuchte zur Ruhe zu kommen. Sie achtete auf ihre Atmung und schlief schließlich ein. Eine gute Form der Entspannung dachte sie, als sie sanft in Morpheus Armen versank.

Kapitel 31 – Gwen

Gwen hatte sich zurückgezogen. Die Ereignisse der letzten Tage hatten auch sie angestrengt. Immer wieder fand sie Entspannung in weitläufigen Spaziergängen, die sie in der wunderbaren Landschaft von Lemurien unternahm. Einige ihrer Lieblingsplätze befanden sich hier und so suchte sie den liebsten Platz in der Nähe aus, einen erloschenen Vulkankrater, in dem sich über die Jahre Wasser gesammelt und einen herrlichen Kratersee ausgebildet hatte. An den Uferzonen des Sees wuchs wilder Lotos, der gerade blühte. So suchte Gwen Entspannung in der stillen Betrachtung der Lotospflanzen, die in ferner Zukunft als Symbol einer ganzen Weltreligion gelten sollten. Sie saß am Ufer des Sees und tauchte ihre Beine bis zu den Knien in die Kühle des Wassers. Sie sah zu, wie kleine Fischchen abgestorbene Hautschuppen ihrer Füße abknabberten. Das kitzelte zwar ein wenig, aber Gwen freute sich über die Arbeit der Fische und bedankte sich von Herzen bei ihnen. Dies führte dazu, dass einige Fische vor Freude aus dem Wasser hüpften, einen Purzelbaum in der Luft schlugen und sich klatschend in ihr eigenes Element zurückfallen ließen.

Durch die Beschäftigung mit den philosophischen Hintergründen verschiedenster Kulturen in Atlantis war Gwen zu einer weisen Hexe geworden. Ihr Kopf schien über die unendliche Fähigkeit zu verfügen, Wissen zu speichern und Wissen in den Zentralbewusstseinen abzurufen. Sie analysierte die unterschiedlichen Wissensfoken, verglich sie miteinander und war in der Lage, den Wesenskern der einzelnen Foken zu erkennen und diese miteinander zu kombinieren. Dieses eröffnete Räume in ihrer Vorstellungswelt.

Genüsslich lehnte sich Gwen an den Stumpf einer abgestorbenen Weide, die in Ufernähe stand und ihr einen recht respektablen Sitzplatz bot. Der Wind strich sanft durch ihre roten Haare. Plötzlich bemerkte sie eine Bewegung hinter sich. Sie drehte sich um und sah, wie der Weidenstumpf vor ihren Augen begann, Leben zu entwickeln, wie er in Windeseile Äste und Blätter formte und wie die Weide zu einem großen mächtigen Baum wurde. Zwei der Äste verzweigten sich in kleine Zweige, die sich liebevoll um Gwen wandten, so als würde die Weide Gwen umarmen. Sie hörte eine Stimme und die Weide sprach zu ihr: „Sei gepriesen, Hüterin des Lebens, die du Vereinigung gefunden hast und die in Einheit ist mit allem, was ist. Handle!" Vor Gwen erschien ein gleißendes Licht, wie eine Kugel aus hochkomprimiertem, solarem Plasma. Durch diese Kugel sah sie hinein in die große Halle des Tempels der Einheit auf Luna. Sie hatte eine Vision. Sie sah, wie die Medien von Atlantis über die Erschaffung einer neuen Wesenheit konferierten und sie bemerkte in sich, dass sie unmittelbar an dieser Erschaffung beteiligt sein würde. Sie würde die Eva sein, die Erste, durch die dieses neue Leben in seine Existenz kam. Gut, dass die Weide sie umarmte, denn ihr Bewusstsein verließ sie und sie fiel in einen tiefen, traumlosen Schlaf.

Kapitel 32 – Stan

Der zweite Zyklus hatte begonnen. Stan lag nun ohne Zuhilfenahme der Celeniten wesentlich entspannter auf seinem Behandlungsbett aus Rosengranit. Er war völlig unbekleidet und zwei Feen aus dem Hause Rhubinius sprühten eine seltsam glitzernde Flüssigkeit auf seine nackte Haut. „Was ist das", fragte Stan.

Die Fee antwortete: „Das ist eine Essenz aus Heilpflanzen, die wir von deinem Meister Seraphis Bey bekommen haben. Es ist ein heilendes Extrakt, das deinem Körper hilft, das erlittene Leid, das der Missbrauch hervorgebracht hat, aus deinem zellulären Gedächtnis zu löschen. Wir extrahierten diesen Sud unter Zuhilfenahme des gelben Drachenfeuers. Es muss dir bewusst sein, Lichtkrieger, dass deine körperliche Matrix sich zeitlebens an alles erinnert, und dass es dadurch zu einer Überbelastung deines Körpers kommen kann." Stan verstand circa die Hälfte von dem, was die Fee ihm mitteilte. Aber das war auch egal, denn er spürte, wie sich diese seltsam glitzernde Flüssigkeit auf seiner Haut sammelte und ein wohliges Gefühl auf ihr hinterließ. Dann begann der eigentliche Zyklus der Behandlung. Nachdem Deklet sich wieder hinter ihm aufgebaut hatte, spie er ein blaues Feuer in Richtung der Kristalle an der Höhlendecke und die ganze Höhle tauchte sich in ein azurblaues Licht. Dieses Licht erfasste auch Stan. Diesmal verlor er nicht das Bewusstsein, sondern er erlebte die gesamte Behandlung völlig bewusst. Er spürte, wie die Rhianis liebevoll Kristallplatten in Form von kleinen Achtecken auf seiner Haut verteilten. Er spürte die Wirkung dieser programmierten Kristalle und fühlte, wie deren Energien tief in ihn eindrangen und wie er in sich frisch wurde. So als hätte man in einem stickigen Raum die Fenster weit geöffnet, um die frische Morgenluft hineinzulassen.

Stan genoss diesen Zustand. Dann spürte er etwas ganz Seltsames in seinem Gesicht. Er bemerkte, wie Wasser seine Augen verließ. Das hatte er noch nie gefühlt. Er erschrak etwas darüber, schaute hoch zu Deklet, der aus seiner Position sehr drohend aussah, und fragte einen nebenstehenden Rhianis, was das sei.

„Du weinst", sagte der Rhianis freundlich, „das ist eine Äußerung deines Gefühls. Es gibt zwei Formen der Tränen: Tränen des Leids und Tränen des Glücks. Was du nun weinst, sind Tränen des Glücks, junger Lichtkrieger. Glück darüber, dass deine Seele wieder bereit ist, in deinem Körper Raum zu nehmen. Gib ihr etwas Zeit, bevor sie dich aufsucht. Sie kehrt heim aus dem Reich der Verbannung. Schau hier her." Stan drehte seinen Kopf und blickte auf seinen Seelenkristall und sah, dass die dunklen Schatten in seinem Kristall immer mehr abnahmen. Daneben standen Seraphis und George. Beide lächelten. Stan sah, wie George in den Kristall hineinfasste und ein helles Licht herausholte, nicht größer als das Zifferblatt einer Uhr. Es strahlte so hell, dass das blaue Licht, das Deklet ausstieß, kaum noch wahrzunehmen war. George nahm dieses Licht in seine rechte Hand, schütze es mit seiner Linken und brachte es zu Stan. Dann legte er seine rechte Hand auf Stans Brust und das Licht ging in Stan hinein. Er war neugeboren.

Kapitel 33 – Judy

Judy hüpfte im künstlich angelegten Garten des Tempels der Einheit auf Luna aufgeregt herum. Der gesamte Tempel und auch der Garten waren mit einer riesigen Kuppel überspannt, in der künstlich eine erdähnliche Atmosphäre erzeugt wurde. Judy war außer sich vor Freude. Durch die Übertragung der Siran-Katze war sie genau im Bilde, was auf Malath geschah. Sie war darüber sehr erfreut und wünschte Stan das Allerbeste. Sie erinnerte sich noch daran, wie schwierig es für sie war, die neue Form ihres eigenen, neuen Daseins anzunehmen, und sie schickte über ihre Gefühle ihrer Katze helles Licht und positive Gedanken, die Stan alsbald erreichten.

Judy bemerkte nicht, dass sich Aruna in der Zwischenzeit genähert hatte. Sie hatte auf der Suche nach klaren Gedanken den Garten aufgesucht und traf dort auf Judy. Judy war hocherfreut Aruna zu sehen, aber sie behielt den Zustand von Stan für sich, denn sie sah, wie beschäftigt Aruna wirkte und sie spürte ihr angespanntes Energiefeld ganz genau. Seltsam, dachte Judy bei sich selbst, vor einigen Zyklen war ich noch diejenige, die sie töten wollte und jetzt bin ich eine, die sie schützen möchte. „Was kann ich für dich tun, Herrscherin des Widderthrons", sagte Judy mit einer leichten Kopfverbeugung. Sie entbot ihr diesen Gruß aus vollem Herzen und mit tiefer Überzeugung. Aruna erwiderte den Gruß förmlich, denn auch sie spürte, dass Judys Gruß Ernst gemeint war und keine zynischen Züge in sich trug.

„Lassen wir das Protokoll", sagte Aruna, „hier sind wir unter uns. In meinem Kopf schwirren tausend Gedanken, tausend Dinge, die ich abzuwägen und zu bedenken habe und ich weiß nicht wirklich, was ich tun soll. Ach weißt du Judy, ich wünschte mir, Deklet wäre hier."

„Deklet ist sehr beschäftigt", sagte Judy, „er heilt Stan. Aber vielleicht kann ich dir mit meinen bescheidenen Mitteln helfen. Wenn du magst, vertrau dich mir an. Oftmals ist im einfachen Reden schon die Lösung vieler Konflikte enthalten und es öffnen sich Pforten, an die man vorher noch nicht gedacht hat." Aruna war dankbar für diese mitfühlenden Worte und freute sich, dass ihr so viel Herzlichkeit und wahre Zuwendung entgegengebracht wurden. So begann sie wild und vollkommen wir zu reden. Judy hörte zu, verstand aber weniger als die Hälfte von dem, was Aruna ihr sagte. Doch Judy wusste, dass es Aruna befreite und so ließ sie sie erzählen. Dann machte Judy das, wofür die Shoumana über alle Grenzen von Atlantis hinaus bekannt waren: Sie begann damit, Arunas System auszugleichen. Sie ließ aus ihrer rechten Hand ein blaues Licht, aus ihrer linken Hand ein grünes Licht strahlen und legte ihre beiden Hände an Arunas Kopf. Augenblicklich fiel Aruna in eine tiefe Entspannung. Sie war klar bei Bewusstsein, aber sie entspannte sich und der ganze Staub ihrer Gedanken und Nöte wusch sich im Lichte des Schutzes und der Heilung ab.

Kapitel 34 – Das Konzil

Aruna war nach der Behandlung durch Judy sehr entspannt. Das hat gut getan, dachte sie auf dem Weg in die große Halle der Einheit. Denn sie hörte in ihrem Kopf das Signal, das eine erneute Zusammenkunft der zwölf Medien mit ihren Gefolgen ankündigte. So eilte sie in die große Halle und stellte fest, dass sie fast die Letzte war, die in der Halle ankam. Hurtig nahm sie ihren Platz auf ihrem Thron ein und der nächste Teil des Konzils begann. Nun wurde von den einzelnen Sprechern der verschiedenen Höfe sie Resultate der Diskussionen in den verschiedenen Gremien bekannt gegeben.

Daraufhin meldete sich das Medium des Skorpion-Throns und fasste die Auswertungen und Diskussionsergebnisse der einzelnen Ausschüsse zusammen.

Nun war ein sehr spannender Moment gekommen. Es wurde klar, dass es um die Kreation einer neuen Spezies auf dem Planeten Erde gehen würde, und dass dieses Konzil diesem Vorhaben entweder positiv oder negativ gegenüberstehen würde.

Der Konsens aus allen Beratungen ergab jeweils einen Trend, der eindeutig der Erschaffung eines neuen Wesens, das den Namen „Mensch" tragen sollte, zustimmte.

So aktivierten die zwölf Medien ihre Symbole auf ihrer Stirn und übertrugen ein Lichtsignal auf den großen Diamanten, der in der Mitte der Halle schwebte. Die Medien verfielen in eine Art Trancezustand und die Verbindung zu dem großen Diamanten stellte eine direkte Verbindung zum Zentralbewusstsein der Atlanter in deren Heimatwelt der Magellanschen Wolke her.

Es vergingen einige Minuten, die die Höflinge aber wie Stunden wahrnahmen, denn es war eine deutliche Spannung durch diese Entscheidung zu spüren. Etwas Besonderes lag in der Luft.

Dann meldete sich der Waage-Thron und sagte: „Es ist entschieden!" Die Rhianis begannen die zweite Strophe des Lebenslieds zu singen, die Strophe der Erschaffung und der Neugeburt, die Strophe der Kreation und des Beginns eines neuen Zeitalters, einer neuen Ära.

Nun war allen, die sich hier in der großen Halle versammelt hatten, klar, dass das Zentralbewusstsein von Atlantis, das von allen Völkern gespeist wurde, die auf der Erde lebten, dem Antrag des Löwen-Throns stattgegeben hatte.

Es durfte ein neues Wesen entstehen! Ein Wesen aus der Verschmelzung aller positiven Eigenschaften der auf Gaia lebenden Sternenvölker, und somit verkündete der Waage-Thron das Ergebnis.

„Es ist entschieden", sagte das Medium der Waage. „Das neue Wesen, Mensch genannt, stellt eine Verbindung zu allen Sternenvölkern her. Die höchste Energiefrequenz und die beste Qualität aller Völker vereinigten sich in einer fleischlichen Hülle, auf dass die Athmen unserer Völker, die Seele unserer Bewusstseine einziehen können in diesen Körper. Der Mensch darf erschaffen werden. So ist es beschlossen und so sei es geschrieben und programmiert in die Kristalle der Erde!"

Ein großer Jubel brach in der Halle aus. Es war entschieden. Eine Neukreation, eine Kreation eines Wesens, welches die Erde bevölkern sollte und welches die Unterschiede, die zur Disharmonie führten und die Stan in seinem Missbrauch sehr deutlich gemacht hatte, ausgleichen sollte. Diese Dinge würde es nicht mehr geben, denn dieses neue Wesen verkörperte alle Völker und alle Bewusstseinsebenen.

Ein Wesen des Friedens sollte erschaffen werden, eine Darstellung, die die Einheit aller Völker zeigt. Der Gedanke der Einheit, geboren im Tempel der Einheit. Welch ein großes Vorhaben, dachte Aruna.

Nun war es ausgesprochen und das Konzil ging langsam seinem Ende entgegen. Eine Pause wurde eingeläutet. In dieser Pause standen die Gruppen bunt gemischt. Man unterhielt sich, es wurde sehr viel gelacht und gescherzt und es war ein freundliches und freudvolles Stimmengewirr der unterschiedlichsten Sprachen und der unterschiedlichsten Laute.

Aruna mochte diese Pausen, denn so sah man die große Einheit der Völker untereinander. Es spielte jetzt keine Rolle mehr, ob Atlanter, Lemurianer, Rhianis, Ottus oder Shoumana, sondern es spielte jetzt eine Rolle, dass alles eins war. Man unterhielt sich miteinander und gesellschaftliche, ethische oder religiöse Schranken waren nicht mehr von Bedeutung.

Diese Energie wurde von allen sehr gemocht und sollte ihre Krönung darin finden, dass diese Energie einen körperlichen, einen fleischlichen Ausdruck bekommen sollte, der „Mensch" heißen würde.

In der Pause wurde Pakash-Nektar gereicht. Dies führte zu einer noch gelösteren Stimmung und heiteren Gelassenheit im gesamten Gemenge der Wesenheiten.

Keiner ahnte, welch dunkle Wolken sich am Horizont erhoben, Wolken aus den Richtungen des Sternenfeldes Orion.

Kapitel 35 – Gwen

Gwen erwachte aus ihrer Trance, sie erwachte aus einer großen Vision. Noch immer saß sie an diesem See, noch immer waren ihre Füße im Wasser. Doch Gwen wusste, es wird sich vieles in ihrem Leben verändern. Sie spürte, ja sie ahnte die Entscheidung des großen Konzils auf Luna, denn in ihrer Vision, in ihrer Trance, vermischten sich die einzelnen Ebenen, vermischten sich die Daseinsformen der Dimensionen und das zeitliche Konstrukt schien aufgehoben zu sein.

Durch ihr tiefes Wissen und ihre enge Verbindung zu Aruna war ihr sofort klar, was auf Luna geschehen war. Sie wusste auch, dass sie unmittelbar an diesem Geschehen beteiligt sein würde, nämlich an der Umsetzung dieser Entscheidung. Sie wusste, dass sie eine Art Tabernakel für dieses neue Wesen, für dieses neue Bewusstsein werden würde. In ihrem Kopf liefen die Gedanken hin und her, doch seltsamerweise blieb sie in einer tiefen Ruhe und Entspannung. Sie erhob sich, bedankte sich bei der Weide hinter ihr, die nun völlig ausgetrieben hatte und in ihrer Pracht und Schönheit nur so vor Leben strotzte, für ihre Unterstützung und machte sich auf ihrer Flugscheibe auf den Weg zurück nach Lemurien zu dem Dorf, in dem sie lebte. Wenige Augenblicke später landete sie vor ihrer Wohnhöhle. Sie ging hinein und war angenehm überrascht, als auf dem Tisch eine duftende und dampfende Suppe stand. Sie fand Lea in der Küche, wie sie dort eine zweite Suppe präparierte und in eine große Terrine füllte und diese auf den Tisch stellte. „Hier ist deine Portion", flötete Lea. „Wo warst du?"

„Ich war am See", sagte Gwen, „und meditierte." Dann begann Gwen Lea zu erzählen, was sie gesehen hatte. Lea hörte gespannt zu und hielt dabei den Löffel in der Hand. Zum Suppe essen kam keiner der beiden Frauen und die Suppen in den beiden Terrinen auf dem Tisch erkalteten. Beide schauten sich ungläubig an.

„Du willst sagen, ein neues Wesen auf dieser Erde?", sagte Lea. „Was wird dann aus uns? Müssen wir dann die Erde verlassen und die Erde den neuen Wesen überlassen?"

„Nein, das wird nicht geschehen", sagte Gwen. „Jedenfalls weiß ich davon nichts." Beide Frauen mussten jetzt erst einmal diese Nachrichten und Botschaften verdauen.

„Ich wärme die Suppe noch einmal auf", sagte Lea.

Gwen ging zwischenzeitlich in ihr Schlafzimmer, um sich umzuziehen. Dann aßen beide Suppe und nahmen auch etwas Mapo-Brot, nach einem Rezept, das Gwen erfunden hatte, zu sich. Die Mapo-Pflanze war in ihrer Eigenschaft multipel einsetzbar, sowohl in der Wissenschaft als auch in der Ernährung! Sie war eine wahre Wunderpflanze! Gwen machte es große Freude, immer wieder neue Rezepte, neue Einsatzmöglichkeiten für die Mapo-Pflanze zu finden. Lea unterstütze sie in diesem Vorhaben, denn sie wusste, dass die Zukunft, auch die Zukunft in der Ferne, von der Mapo-Pflanze sehr beeinflusst werden würde.

Lea ahnte, dass dieses Wesen, das sich Mensch nennt und auf der Erde existieren wird, sich auch reproduzieren wird. Sie ahnte, dass es viele Menschen werden würden, die dann das Antlitz der Erde, das Antlitz diese Planeten verändern würden.

Lea hatte angenehme Gefühle bei diesen Gedanken, denn sie wusste aus der Vereinigung aller Sternenvölker, der Erde kann nichts Schlechtes erwachsen. Gwen hatte ähnliche Gedanken, doch Gwen kannte im Gegensatz zu Lea die ferne

Zukunft. Sie vermied darüber zu sprechen, um Lea nicht zu beunruhigen. Denn Gwen wusste, dass der Mensch ein Wesen ist, das der Verführung anheimfallen kann, und dass der Mensch ein Wesen ist, der seine Anbindung an seinen Ursprung, sein Athma, seine Seele verlieren kann und sich dadurch entmenschlichen kann. So übernehmen andere Anteile und nicht die Seele das Regiment in einem Menschen. In einer fernen Zukunft wird dieser Anteil Ego genannt, ein Substitut, ein Ersatz für die Seele. Auf dem Altar des Egos werden so manche Dinge geopfert werden. Gwen wusste davon, doch sie war fest entschlossen bei der Entstehung des Menschen ihren Beitrag zu leisten und ihre gute Saat in die Spezies Mensch einzupflanzen.

Sie war fest entschlossen, jetzt in Atlantis die Weichen so zu stellen, dass der Mensch seine Dinge erkennt, und dass er die Wege des Egos, die er eingeschlagen hat, revidieren und neue Wege ausprobieren wird.

„Das wird eine spannende Zeit", murmelte Gwen.

„Was ist spannend?", fragte Lea.

„Ach nichts", sagte Gwen.

Kapitel 36 – Judy

Judy war in der Zwischenzeit in Arunas Behausung auf Luna angekommen. Es war ein gutes Gefühl für sie, dass sie Aruna durch ihre spirituelle Gabe dienen konnte. Sie war mit dem Ergebnis sehr zufrieden, denn Aruna ging völlig entspannt und befreit in ihren Gedanken und Gefühlen hinein ins Konzil.

Sie hatte nun angefangen Arunas Kleidungsstücke zusammenzulegen und in den großen Kisten zu verstauen, die die Dienerinnen hereingebracht hatten. Aus der Ferne hörte sie die Freude und den Jubel aus der großen Halle. Es musste eine Entscheidung gefallen sein, wusste Judy, und das bedeutete die Rückkehr zur Erde.

So hat sie schon einmal angeordnet die Sachen von Aruna zu packen, denn so konnte kostbare Zeit gewonnen werden. Judy wusste, dass auf Aruna auf der Erde einige Aufgaben warten würden, die keinen Aufschub erlaubten. So übernahm Judy sozusagen ein wenig Arunas Zeitmanagement. Judy war sich sicher, dass Aruna ihr dafür dankbar sein würde. Und so war es auch, denn zwischenzeitlich war Aruna mit einem Teil ihres Gefolges in der Behausung angekommen und war hocherfreut, dass Judy die Koordination der Rückreise übernommen hatte. Das machte Aruna frei von den alltäglichen Gedanken und sie sah in Judy eine gute Assistentin, die das Alltägliche im Blick hatte. Somit war Aruna frei, an die wesentliche Dinge ihres Daseins zu denken.

Aruna entschied sich, Judy darüber zu informieren, zu welchem Beschluss der Rat der Zwölf in Verbindung mit dem Zentralbewusstsein von Atlantis gekommen war.

Judy hörte zu und schien gar nicht überrascht zu sein, denn sie wusste ja, was in einer fernen Zukunft passieren würde, genau wie Auruna.

Beide Frauen setzten sich auf eine Kiste, schauten sich schweigend an, nahmen sich an den Händen und sagten: „Wir werden das Beste daraus machen. Wir haben jetzt die Möglichkeit eine Zukunft die wir kennen zu verändern. Wir haben jetzt die Möglichkeit zu intervenieren. Was für eine Chance offenbart sich hier für uns! Was für eine Möglichkeit wird uns hier geboten!"

Plötzlich wurden sie in ihren Gedanken und in ihrer Zweisamkeit unterbrochen. Ein Ottus kam mit einigen Schriftrollen, den sogenannten Wartungslisten des Lichtschiffs des Widders herein. Aruna sollte diese überprüfen und überfliegen. Sie tat dieses automatisiert, denn sie wusste schon seit Langem, welche Checkpunkte auf dieser Liste wichtig waren. Sie überflog sie und zeichnete die Liste ab.

Nachdem sich der Ottus mit einigen Verbeugungen verabschiedet hatte und dabei murmelte: „Das Lichtschiff ist nun bereit zur Reise", sagte Aruna: „So, dann lass uns hier schnell fertigmachen, denn in Kürze ist das Abschlusstreffen des Konzils. Danach können wir dann direkt zur Erde zurückfliegen. Ich freu mich schon auf mein Domizil und auf eine tiefe spirituelle Erfahrung innerhalb der Pyramide von Poseidonis. Niemand ahnte, dass Aruna die Pyramide von Poseidonis so schnell nicht wieder sehen würde, denn die dunkle Bedrohung aus Richtung des Orion war fast auf Luna angekommen.

Kapitel 37 – Das Konzil

Aruna befand sich gerade in ihrem Schlafgemach, um einige Dinge zu verpacken, die noch mit ins Lichtschiff sollten. Im ganzen Anwesen herrschte eine heitere Aufbruchsstimmung. Der Beschluss der Einheit war gefasst und die Weisen der Völker und ihre wissenschaftlichen Teams wollten umgehend mit der Arbeit auf der Erde beginnen. Zwischenzeitlich war auch das Einverständnis des Kosmischen Rats telepathisch bei den Medien eingetroffen und somit stand der Erschaffung einer neuen Spezies nichts mehr im Wege.

Plötzlich empfing Aruna ein telepathisches Signal. Dieses wurde auf einer Notfallfrequenz der Medien von Atlantis gesendet und bedeutete eine sofortige Zusammenkunft ohne Höflinge in der großen Halle des Tempels der Einheit.

Aruna hatte zuvor noch niemals ein solch dichtes Signal erhalten und schrak förmlich zusammen. So ließ sie alles stehen und liegen und eilte schnellen Schrittes zur großen Halle, die unweit der Gästebehausungen lag. Dort war sie die Erste, doch binnen weniger Minuten trafen alle Medien ein. Das Signal wurde vom Zentralbewusstsein von Atlantis ausgesandt. Alle Medien schauten sich aufgeregt an, sie wussten nicht, was das zu bedeuten hatte, denn formal sollte es nur noch eine Abschlussversammlung des Konzils geben. Diese fand gewöhnlich mit den Höflingen statt.

Das Medium des Steinbocks übernahm die Rolle der medialen Führung und stellte allein einen Kontakt zum Zentralbewusstsein her:

„Es steht eine orionische Invasion bevor. Der Trabant des Planeten Erde soll aus Außenposten und militärisches Basislager dienen. Eine Kriegsflotte vom Orion befindet sich im orbitalen Anflug auf Luna. Wir bitten euch umgehend eure persönlichen Dinge zu holen und ein atlantisches Biwak-Lager in der großen Halle des Tempels der Einheit zu errichten. Informiert eure Höflinge und richtet euch auf eine Belagerung ein. Ende der Transmission."

Alle Medien schauten sich geschockt an. So etwas hatte es seit den orionisch-plejadischen Kriegen nicht mehr gegeben.

Aruna erhob das Wort und teilte ihnen mit, was sie von Stans Aktionen wusste. Ebenso teilte sie ihnen mit, dass sie durch das Drachenfeuer ein orionisches Schiff in einer Zeitschleife gebunden hatte, jenes Schiff, welches sich in den lemurianischen Bergen befand und Silizium-Kristalle abbaute.

Eine Energie aus Bewunderung und Empörung machte sich unter den Medien breit. „Du hättest mit uns darüber sprechen müssen", sagte der Löwen-Thron. Auch der Waage-Thron war dieser Ansicht. Doch der Skorpion-Thron insistierte, dass Arunas schnelles Handeln löblich war und von großer Weitsicht zeugte.

Der Schütze-Thron brachte die Situation wieder ins Gleichgewicht, indem er sagte: „Wir verlieren hier kostbare Zeit mit der Diskussion über Regularien. Wie etwas hätte sein sollen, sei jetzt nicht der Gegenstand der Problematik, sondern es gelte jetzt hier einen atlantischen Außenposten unter der Führung der Einheit der zwölf Medien aufzubauen. Und er betonte das Wort Einheit sehr stark und jedem der Anwesenden wurde klar, dass das Medium des Schützen recht hatte.

Sehr schnell wurden die Höflinge informiert. Die fröhliche Aufbruchsstimmung verwandelte sich in eine betriebsame Hektik. Das Notwendige wurde aus den Lichtschiffen geholt, die Rhianis errichteten ein Schutzfeld über den Lichtschiffen und mit großen Tüchern wurde einzelne Abteile im Atrium abgeteilt, die als Ruhezonen und Schlafgelegenheiten dienen sollten. Es sah aus, wie ein Massenlager nach einer Naturkatastrophe. Der Fische-Thron organisierte am meisten und baute eine Art Organisation mit seinem Hofstaat auf, die die hektische Betriebsamkeit in geordnete Bahnen lenkte. Falls man etwas suchte oder etwas brauchte, der Fische-Thron wusste wie und wo es war, gegebenenfalls wie es zu organisieren sei. Was für eine Situation, dachte Aruna, nun ist der Krieg offiziell und das kurz vor der Erschaffung der neuen Spezies, die der Garant für einen dauerhaften Frieden im Universum sein sollte.

Kapitel 38

Die beiden Sonnen strahlten unablässig in ihren Farben auf die öden Ebenen. Elyah saß auf einem Hügel und blickte in die Eintönigkeit der kassiopeianischen Landschaft. Sie war einer der Weisen des Sternbildes Schwan und gehörte zum Hohen Rat. Sie empfing eine Vision: Madok, welches der kassiopeianische Name der Erde war, war in Gefahr, der Goldene Madok, spirituelles Zentrum der Energie der Bewohner des Sternbilds Schwan. Elyah wusste, dass ihre Zeit noch nicht gekommen war, aber dass ihre Zeit kommen würde.

Kapitel 39 – Stan

Der dritte Zyklus der Behandlung war abgeschlossen. Stan fühlte sich von Behandlung zu Behandlung immer kräftiger und immer wohler. Die Betreuung durch Deklet und Seraphis Bey und auch das tägliche Zusammensein mit George zeigten positive Wirkung auf Stans Entwicklung. Alles, was außerhalb von Malath geschah, alles das wurde ferngehalten und so wussten auch Deklet und Seraphis Bey trotz ihrer hohen Verbindungen nichts von den Geschehnissen auf Luna und auf der Erde. Malath war wie ein Hochsicherheitsbereich, komplett abgeschirmt und jeder, der dort wirkte oder behandelt wurde, hatte ein striktes Regelwerk einzuhalten, welches besagte, dass Außenkontakte außerhalb von Malath zu unterbleiben hatten. Denn Malath war ein Schonraum, in dem ein aus dem Gleichgewicht geratenes System zu innerer Ruhe und Harmonie zurückfinden konnte. Deshalb wurden Informationen von den Rhianis strikt kontrolliert und gefiltert, ob sie pro oder kontra einer Harmonisierung waren.

Seraphis beschäftigte sich in seiner Freizeit auf Malath mit den Wesen der umfangreichen malathinischen Geschichte und versank förmlich in den Welten der Sümpfe und der Hochkultur des malathinischen Volkes. Deklet lag ausgestreckt auf einer Lichtung und eine ganze Armee von Feen war damit beschäftigt, seine Schuppen zu reinigen und Körperpflege an ihm zu betreiben. Er genoss sichtlich die Behandlung und streckte alles, was er von seinem Körper fortstrecken konnte, von sich fort.

Stan und George befanden sich im Garten seines Domizils. Sie pflückten dort einige Pakash-Früchte und wollten ein neues Rezept in der Herstellung eines sektähnlichen Getränks ausprobieren. Stan unterbrach die Arbeit mit der Bemerkung, dass es nun an der Zeit sei, seine Katze zu füttern, und ging umgehend in seine Behausung um dort seiner Siran-Katze das vorbereitete Antilopenfleisch zu geben. Entgegen ihrer normalen Reaktion rührte sie jedoch das Futter nicht an und Stan begann die Katze zu streicheln. Als hätte ihn ein Stromschlag erfasst, fiel er dabei zu Boden. In ihm schrie das Wort „Hilfe". Er kannte diese Stimme. Diese Stimme sollte einmal wichtig sein in einer fernen Zukunft.

Judy hatte zu seiner Zirbeldrüse Kontakt aufgenommen. Er war Stand-by mit Luna.

„Verzeih, geliebter menschlicher Bruder, dass ich dich unsanft aus deiner Behandlung hole. Uns hat eine orionische Flotte hier auf Luna erreicht und einen orbitalen Ring aus Kriegsschiffen um Luna platziert. Es ist uns unmöglich, den Mond zu verlassen und nach Atlantis zurückzukehren. Eine Probesonde des Skorpion-Throns wurde bereits eliminiert. Der Rat von Orion diktiert gerade seine Bedingungen. Niemand weiß, dass ich mit dir kommuniziere. Falls du irgendeinen Rat weißt ..."

Der Kontakt riss ab.

George war ins Zimmer getreten und erschrak mächtig, als er Stan krampfend am Boden liegen sah. Die Katze hatte inzwischen ihr Futter aufgefressen und putze sich nach Katzenmanier eifrig. George hatte versucht Stan emporzuheben und ihm einen Lichtimpuls in seinen Körper gelenkt. Dieser Lichtimpuls unterbrach sofort die Verbindung zu Judy. Benommen und taumelnd erwachte Stan und sagte: „Ich muss sofort zur Erde!"

Kapitel 40

Die Transmission war unterbrochen und Judy hoffte, dass der wesentliche Teil des Hilferufs ihrer Botschaft Stan erreicht hatte. Sie wusste nicht, warum sie Stan mit dieser telepathischen Nachricht erreichen wollte, aber sie musste irgendetwas tun. Uns so entschied sie sich, einen telepathischen Kontakt zu Stan herzustellen. Auch wusste sie, dass Stan nicht geübt war im Empfang solcher Nachrichten und dass dieses sein System in eine Disharmonie bringen konnte. Aber Judy war verzweifelt.

Sie befand sich unterhalb des Atriums und versteckte sich unter den Sitzbänken des Amphitheaters der großen Halle um diesen Kontakt über die Siran-Katze aufzubauen. Es funktionierte und kurzzeitig hatte sie Kontakt zu ihm. Aber dann wurde der Kontakt durch eine Engelenergie unterbrochen. Judy verstand das nicht, aber es war auch nicht an der Zeit hier etwas zu verstehen, sondern es war an der Zeit, irgendwie Hilfe zu bekommen.

Orion war gerade dabei, die Bedingungen der Kapitulation der Erde zu diktieren und der Rat der Zwölf von Atlantis hörte gebannt zu. Die anwesenden Höflinge warfen sich nieder, als sie die Stimme von Orion hörten. Der Hohe Rat von Orion, geleitet durch die Wesenheiten der RA bestimmte, dass die Erde binnen einer Woche Erdenzeit komplett an den Hohen Rat zu übergeben war. Sie bestimmten weiterhin, dass alle Sternenvölker, bis auf eine gewisse Anzahl von Geiseln, zu denen auch die Medien von Atlantis gehörten, die Erde zu verlassen hatten und dass die Geiseln als Druckmittel für einen etwaigen Widerspruch ihres Zentralbewusstseins eingesetzt werden würden. Die Orioner bestimmten, dass die Erde als Feld zur Gewinnung von Mineralien und notwendiger Erden zur Erhaltung der orionischen Energie und zur Vergrößerung des Gebietes des orionischen Weltreiches zu dienen hatte.

Das war das, was Judy aus der Botschaft herausfilterte und heraushörte. Sie wertete die Situation. Alle bei der Übertragung der Botschaften Anwesenden waren geschockt und wie in einem Zustand der Starre gefangen. So etwas hatte es noch nicht gegeben und so etwas sollte es auch nicht geben. Und dann traf sie folgende Information wie ein Blitz: Der Abgesandte der Erde, der Stan genannt wurde, hat dies alles ermöglicht und erlaubt. Und somit stünde die Erde nun unter dem Schutz von Orion.

Das bedeutete, dass jegliche freie Energie, jegliches freie Entfalten von Kreativität, von Ethik, von Spiritualität und Religiosität, die Entfaltung von Wissenschaft und Technik nun eingebunden war, ja überlagert war von einer Form der orionischen Ethik.

Dies war keine Verhandlungsbedingung, dieses war das Diktat einer bedingungslosen Kapitulation!

Die Medien schauten sich ratlos an. Judy konnte nicht erahnen was nun der nächste Schritt sein würde, was nun die nächste Aktion sein müsste, die auf diese Kapitulationsandrohung folgen müsste. Deshalb entschloss sie sich, Stan zu kontaktieren. Das war ihre einzige Möglichkeit, der einzige Weg, nach außen Kontakt aufzunehmen.

Kapitel 41

Gwen und Lea bereiteten sich vor. Sie wussten Bescheid. Alle Bewohner von Atlantis wurden in einem Netzwerk ihrer Weisen Räte, ihrer Ältesten und Anführerinnen und Anführer informiert. Gwen stellte einen telepathischen Kontakt zu ihnen her und Lea suchte den Hohen Rat von Lemurien auf. Die Information, die Gwen in ihrer Vision erhalten hatte, war von großer Brisanz und man wartete nun darauf, dass die Lichtschiffe der Medien langsam auf der Erde eintreffen würden. Doch nichts geschah. Der Himmel blieb leer. Die Pyramide von Poseidonis war verwaist und die zurückgebliebenen Höflinge der einzelnen Höfe der Medien wussten auch nicht, was los war.

Die Wesenheiten von Poseidonis trafen sich alle vor der großen Pyramide, denn jeder wusste, irgendetwas war nicht in Ordnung. „Hoffentlich ist ihnen nichts passiert", sagte Gwen.

„Es ist eine teuflische Stille", sagte Lea. „ Alles ist in Anspannung und keiner weiß etwas."

Die Wesenheiten trafen sich vor der Pyramide und die Menge schaute ratlos umher, als plötzlich ein Donnern und Sirren die Luft erfüllte. Über der Pyramide von Poseidonis erschien ein riesiges orionisches Kriegsschiff. Ein Schiff von unendlichen Ausmaßen, das die Möglichkeit hatte, die Sonne zu verdunkeln.

Der Transponder der Pyramide leuchtete stark, jedoch wurde auch dieses Leuchten vom orionischen Kriegsschiff überschattet, sodass es nur noch wie ein Glimmen aussah. Alles schaute nach oben. Jetzt wussten alle, was geschehen war.

Eine Invasionsflotte hatte die Erde erreicht. Hoffentlich war den Medien von Atlantis nichts geschehen. Gwen und Lea unterbrachen die Schockstarre und wandten sich ab.

„Ich muss Kontakt aufnehmen", sagte Lea. „Ich muss ganz dringend Aruna sprechen, ich weiß aber noch nicht wie, aber mir wird etwas einfallen. Lea und Gwen gingen in die Behausungen der Lemurianer zurück. Sie gingen in die Wohnhöhle von Lea und diese fing eifrig an, aus den Nischen ihrer Wohnhöhle Dinge hervorzukramen, die Gwen nicht kannte. „Ich werde es versuchen Gwen", sagte Lea.

„Was willst du versuchen?", fragte Gwen leicht gereizt.

„Ich werde ein altes Ritual vollziehen", sagte Lea, „ein Ritual der Herzverbindung. Ich werde mich mit Arunas Herz verbinden. Das wird eine Verbindung, welche dauerhaft ist und welche nicht zu lösen sein wird. Doch wenn ich mich verbunden habe, werde ich alles fühlen, was Aruna fühlt. Ich werde alles wissen, was Aruna weiß und ich kann mit ihr über diese Verbindung kommunizieren. Es ist uns Lemurianer untersagt, eine solche Verbindung einzugehen aber in dieser Situation, in dieser Not, werde ich mich über dieses Verbot hinwegsetzen, auch wenn es mich meinen Platz im Rat von Lemurien kosten kann. Ich werde es tun."

„Ja, und was sammelst du da für ein Zeug?", fragte Gwen.

„Ich sammle Pflanzenbestandteile, die in jeder lemurianischen Familie zur Hausapotheke gehören. Doch in einer speziellen Verbindung, in einem speziellen Sud, kann diese Droge eine Verbindung der Herzen forcieren."

„Ja geht denn das so einseitig?", fragte Gwen.

„Ja das geht", sagte Lea. „Aber bitte verrate mich nicht."

Kapitel 42 – Das Konzil

Die Medien von Atlantis waren aus ihrer Schockstarre erwacht. Die Übertragung von Orion war beendet. Sie wussten nun, dass auch die Erde mit einem Ring von Kriegsschiffen umlagert war. Der orionische Rat erlaubte ihnen einen Blick auf die Pyramide von Poseidonis. So sahen sie, wie ein riesiges orionisches Lichtschiff über der Pyramide von Poseidonis stand. Das war eine niederschmetternde Vision für alle Medien von Atlantis, denn diese Pyramide stand für Verbundenheit mit allen Sternenvölkern und für die friedliche Koexistenz aller Welten im bekannten und unbekannten Universum. Nun war keine Zeit mehr für höfisches Protokoll, es war keine Zeit mehr für all die Rituale und höfischen Spiele. Es herrschte Krieg. Und jeder wusste dieses. Doch Atlantis und die anderen Völker verfügten über keine Armee, sie verfügten über keine Form der Verteidigung, denn es hatte seit Jahrtausenden keinen Krieg mehr gegeben und Armeen und Waffen waren gänzlich unbekannt. Man gab sich den schönen Dingen hin. Der Entwicklung von Leben, den Entwicklungen von Poesie, Freiheit und Kunst. Für Kriegsgeschäft und die Kunst des Krieges war kein Raum mehr, denn es gab keine Bedrohung. Jetzt war die Bedrohung da! Scheinbar hilflos mussten die Medien zusehen, wie die erbaute und errichtete Welt, alles, was ihnen lieb, alles, was ihnen bekannt war, vernichtet werden sollte, zu einem Acker gemacht werden sollte, auf dem nicht im Kreislauf der Natur gesät und geerntet werden, sondern der ausgebeutet werden sollte. Diese Ausbeutung wäre das Aus für den Blauen Planeten, für jenes Juwel, das durch seine vielfältigen Besucher anderer Sternwelten erschaffen worden war.

Ermattet zogen sich ein Teil der Höflinge und auch einige Medien zurück. Der Fische-Thorn begann die Nahrungsmittel in der großen Halle zu verteilen.

Gut, dass es genügend Nahrungsmittel gibt, dachte Aruna. Denn wenn jetzt noch Hunger ausbrechen würde, wäre das ein katastrophaler Zustand für das Konzil und für die gesamten Höflinge hier an diesem Ort. Sie selbst konnte auf Nahrung verzichten, denn ihr war es möglich, sich aus den kristallinen Ebenen von Luna zu ernähren, die Energie der Kristalle aufzunehmen und darüber ein Gefühl der Sättigung in ihrem Körper herzustellen. Doch diese Möglichkeiten hatten die Höflinge nicht. Sie brauchten Nahrung. So war sie sehr glücklich darüber, dass so viel Vorrat angeschafft worden war, als hätte man diese Invasion erahnen können. Doch davon wusste vorher keiner.

Sie stellte sich zu einer Gruppe Medien, die darüber beratschlagten, was denn jetzt zu tun sei. Einige der Energien und Vorschläge bestanden darin, sich nun an die verbündeten Völker zu wenden, die außerhalb des Atlantischen Reiches existierten aber freundschaftlichen Kontakt hegten und von denen man wusste, dass sie noch über so etwas wie eine Kriegsmaschinerie verfügten. Man wollte sich verteidigen, man wollte einen Angriff planen. Aruna wusste, dass das der einzige Weg in dieser Zeit war, um die Existenz von Atlantis aufrechtzuerhalten. Doch wie ist die Energie von Krieg mit der Ethik von Atlantis zu vereinbaren?

Kapitel 43 – Stan

Immer noch taumelte Stan. Tausend Gedanken schwirrten durch seinen Kopf, doch in seinen Gefühlen war er recht stabil. Er wunderte sich ein wenig darüber. Sollten das ein Erfolg der Behandlungszyklen sein, fragte er sich selbst. „Ich muss zur Erde George", sagte er und berichtete dem Engel, was er in seiner Vision, wie er es nannte, gehört und gesehen hatte. Er konnte die telepathische Kontaktaufnahme nicht einordnen, deshalb nannte er es Vision, weil er in diesem Bereich nicht ausgebildet war, geschweige denn davon etwas wusste.

George sagte zu ihm: „Du bist zu aufgeregt, um dieses beurteilen zu können. Vielleicht hast du auch nur geträumt."

„Nein", erwiderte Stan, „das war kein Traum."

George schärfte seine Sicht, um feinstoffliche Schwingungen im Raum aufnehmen zu können. Er sah an Stans Katze eine deutliche Veränderung der Aura des Tieres. Er bemerkte, dass die Aura seltsam menschliche Züge trug, was für eine Raubkatze sehr unüblich war. Er mutmaßte, dass es sich bei dieser Vision wirklich um eine Kontaktaufnahme über das Tier als Medium handelte. „Wir müssen mit Seraphis sprechen. Lass uns sofort zu ihm gehen und ihm von deiner Vision berichten", sagte George. Und so zogen die beiden los und erreichten nach wenigen Schritten die Räumlichkeiten von Seraphis Bey.

Seraphis war tief in den philosophischen Schriften von Malath versunken. Er bemerkte gar nicht, dass die beiden Männer sein Gemach betreten hatten, und erschrak ein wenig, als er die beiden im Augenwinkel wahrnahm. „Entschuldigt bitte", sagte er etwas abwesend wirkend, „ich war sehr vertieft in meine Schriften und habe euer Eintreten nicht bemerkt. Was kann ich für euch tun? Fühlst du dich nicht wohl Stan? Du bist ja weiß wie eine frisch getünchte Wand." Sofort kamen bei Stan die Bilder der Vision und die Botschaft wieder hoch und es verschlug ihm die Sprache. George bemerkte dies und übernahm das Wort. Er berichtete Seraphis von Stans Vision und auch von seinen Eindrücken bezüglich Stans Haustier. Seraphis hörte aufmerksam zu. „Wir werden wohl das Hohe Regelwerk von Malath umgehen müssen, denn ich glaube nicht, Stan, dass du dir dieses zusammengeträumt oder ausgedacht hast. Dafür ist deine Heilung zu weit vorangeschritten. Aber mit Verlaub gesagt halte ich es für falsch zur Erde zu reisen, denn deine Heilung ist noch nicht beendet und die Verführung der lieblosen Macht durch die Orioner ist zu riskant für dich."

Stan wollte protestieren, aber eine Handbewegung von George ließ ihn innehalten und George antwortete: „Du hast recht, Aufgestiegener Meister, doch warum sollte Stan alleine gehen? Ich kann ihn begleiten und so als sein Kohan wirken. Mein Auftrag ist es ihn auf seiner Seelenreise zu begleiten. Ich glaube, dass es ihn stark beeinträchtigen wird, wenn er tatenlos zusehen muss, wie seine Heimatwelt in orionische Hände fällt. Der Erfolg seiner Heilung wäre äußerst gefährdet."

Seraphis wiegte seinen Kopf hin und her, – er überlegte. „Ich werde mich mit Deklet beraten."

„Ich komme mit", rief Stan.

„Nein, nein, das wirst du nicht tun", sagte Seraphis. „Ruhe dich ein wenig aus und lass deinen Körper massieren, denn du siehst sehr krank aus." Stan wusste, dass Widerrede jetzt zwecklos war, und machte sich auf den Weg um Seraphis' Raum zu verlassen. Doch er kam nicht weit, denn prompt stieß er mit Lea zusammen.

Kapitel 44 – Lea

Sie hatte den Kräutersud hergestellt und getrunken. Augenblicklich verfiel sie in eine tiefe Trance. Gwen war bei ihr, hatte sie in ihrer Trance begleitet und sie mit Decken zugedeckt, denn während ihrer Trance sank ihre Körpertemperatur bedrohlich. Sie affirmierte in ihrem Geist die alten Texte und suchte die Athmen-Energie von Aruna, die sie auch recht bald fand, da Arunas Athma, ihrem Amt geschuldet, eine Nuance heller leuchtete, als andere Athmen in der Halle der Prismen. Sofort stellte sie die Herz-zu-Herz-Verbindung her und die Herzenskraft floss.

Kapitel 45 – Aruna

Langsam kehrte in der Halle des Tempels der Einheit Beruhigung ein. Viele Wesen hatten sich zur Ruhe begeben.

Aruna war aufgeregt. Sicherlich lag es an der Belagerungssituation der Erde, aber seltsamerweise war dies eine andere Aufregung. Plötzlich spürte sie einen Stich in ihrem Herzen, aber nicht einen Stich des Schmerzes, sondern der tiefen Verbundenheit. Ein Gefühl der All-Liebe durchströmte ihr Herz und sie sah in ihrem Inneren die Gestalt von Lea. Aruna wusste sofort, was geschehen war. Lea hatte das alte Ritual der Herz-Verbindung vollzogen und nun war der Kontakt hergestellt.

Sofort begab sich Aruna in telepathischen Kontakt zu Lea. „Lea, was sollen wir nur tun? Wir sind belagert auf Luna und können Atlantis nicht erreichen. Wir brauchen dringend Unterstützung von außen, doch keiner unserer Kontaktversuche zu den anderen Welten hatte bislang Erfolg."

„Wir haben von eurer Bedrängnis gehört", sagte Lea, „verzeiht, dass ich dieses unauflösliche Ritual vollzogen habe", doch es war die einzige Möglichkeit, die ich noch sah."

„Darüber können wir später reden", sagte Aruna, „ich bin froh, dass du da bist. Wir brauchen Unterstützung. Bitte kontaktiere Deklet", bat Aruna ihre neue Herzensschwester. „Deklet befindet sich auf Malath und arbeitet dort an der Heilung Stans."

„Du denkst viel an ihn", sagte Lea, „denn während deiner Worte spüre ich die Wehmut in deinem Herzen."

„Ja", antwortete Aruna, „ich kann dir nun nichts mehr vormachen."

„Das musst du auch nicht", sagte Lea, „ich werde eine Teleportationskapsel benutzen, um Malath zu erreichen. Sie fällt weniger auf als ein Lichtschiff."

„Du bist ein Engel", sagte Aruna.

Lea erwiderte lakonisch: „Das werde ich sein, wenn ich keinen Erfolg habe."

Die Teleportationskapsel ist eine alte Technik, entwickelt von den Lemurianern. Sie galt früher als Transportmedium zwischen den Dimensionen. Aufgrund ihrer Unfallanfälligkeit wurde der Betrieb der Teleportationskapsel eingestellt. Immer wieder verschwanden diese Kapseln und die darin befindlichen Wesenheiten im Nichts.

Kapitel 46 – Malath

„Wisst ihr, wo Deklet ist", fragte Lea, nachdem das Erstaunen über ihr Erscheinen abgeebbt war. Sie berichtete von ihrer Herz-zu-Herz-Verbindung zu Aruna und von ihrem Auftrag, mit Deklet zu sprechen, um Außenhilfe zu erlangen.

Seraphis antwortete: „Deklet ist …"

Ein Bote des malathinischen Zentralbewusstseins betrat den Raum. „Verzeiht meine Störung. Der Zentralrat entbietet euch seine herzlichsten Grüße. Eine massive Bedrohung des kosmischen Friedens ist eingetreten und eine Invasion von Atlantis wird vorbereitet. Wir möchten euch mitteilen, dass die Informationssperre für euch aufgehoben ist. So ihr Hilfe braucht, steht euch der malathinische Zentralrat mit Rat und Tat zur Seite."

„Das trifft sich gut", sagte Seraphis, „denn dasselbe wollte ich vom Rat erbitten."

„So überschneiden sich die Ereignisse", sagte Lea. „Also, wo war jetzt Deklet?"

„Wie ich den alten Drachen kenne", sagte Seraphis, „gibt er sich der Körperpflege hin."

„Genug der Pflege", sagte Lea, „lasst uns ihn aufsuchen."

Kapitel 47 – Deklet

Wohlig streckte sich der alte Drache auf seiner Wiese aus. Die Feen hatten ihre Arbeit getan und Deklet trauerte deren Putztätigkeit noch ein wenig nach. Wie genoss er es, wenn an seinem Drachenkörper herumgeputzt und gereinigt wurde. Vor allen Dingen genoss er es, wenn die plejadischen Zecken zwischen seinen Placken entfernt wurden. Diese Dinger sind ein Übel, dachte Deklet, und selbst der sonst so weise Drache konnte sich nicht erklären, wofür diese Viecher gut sein sollten. Er wurde in seinen Gedanken unterbrochen, als er die Stimme von Seraphis vernahm.

„Hallo, alter Freund, gibst du dich wieder dem Müßiggang hin?"

Flapsig antwortete Deklet: „Na du alter Knochen, genug in alten Schriften studiert?" Trotz der ernsten Situation musste Seraphis lachen. Als alter Knochen wurde er lange nicht bezeichnet.

„Ich würde gerne mit dir weiter herumflapsen", sagte er höflich, „aber leider treibt mich ein ernster Umstand zu dir." Sofort veränderte der Drache seine Haltung. Er spannte seinen Körper an, was als Zeichen größter Aufmerksamkeit und Konzentration zu verstehen war. Dann bemerket er Lea und George. Er grüßte beide höflich und benützte die Anrede „Hohe Frau" für Lea, denn seit dem sie im Rat war, war sie von ihrem Rang einer Weisen gleichgestellt, und deren förmliche Anrede war „Hohe Frau".
Lea erwiderte Deklets Begrüssung und erzählte von ihrer Vision, von der Aufhebung der Kontaktsperre und von der telepathischen Verbindung zwischen Lea und Aruna.

Deklet hörte sehr ernst zu. „Einen Krieg können wir jetzt gar nicht gebrauchen." Doch seine Sorge galt eigentlich Stan. „Wie hat er es aufgenommen", fragte er George.

„Recht stabil", sagte dieser, „Stan trägt sich mit dem Gedanken auf der Erde zu intervenieren. Ich spüre, sagte George, dass er irgendetwas plant. Ich kann dir aber nicht sagen, was."

„Hältst du das für eine gute Idee?", fragte Deklet und schaute dabei Seraphis durchdringend an.

„Eigentlich nicht", erwiderte Seraphis, „doch der junge Engel hier zu meiner Linken hat gewichtige Argumente hervorgebracht, Stans Wunsch zu entsprechen, und George würde Stan auf seinem Weg begleiten."

„Ich erwarte aber, dass er uns gegenüber seine Pläne offen legt. Orionische Energie aus den Gebieten von RA ist eine große Bedrohung." Darin waren sich alle einig.

Kapitel 48 – Stan

Stan litt immer noch unter den Folgen der Visionen, die er nach der Berührung seiner Katze hatte. So etwas Eindringliches und Eindrückliches hatte er noch nie erlebt. Auch der elektrische Schlag, den Stan bei der Berührung verspürte hatte, sorgte in seinen Schultern für extreme Verspannungen. George war zwischenzeitlich bei ihm eingetroffen und sie unterhielten sich über die Größe dieser Visionen. „Das sind keine Visionen", sagte George, „jemand hat versucht, mit dir Kontakt aufzunehmen. Ich habe das an deiner Katze deutlich gesehen.

„Ja", erwiderte Stan, „da ist etwas dran, an dem was du sagst. Die Bilder waren so real und eindrücklich, dass ich sie jetzt noch förmlich spüren kann, wenn ich mich an sie erinnere."

In der Zwischenzeit waren Deklet und Seraphis Bey in Stans Domizil eingetroffen. Sie teilten ihm mit, dass Lea sich auf Malath befand, sich aber nach den Anstrengungen ihrer Reise in der Teleportationskapsel zur Ruhe begeben hatte. Ebenso teilten sie Stan ihren Entschluss mit, ihn zusammen mit George zur Erde zu schicken, um nach einer Lösung des Konflikts zu forschen und natürlich die auf Luna eingezingelten Medien von Atlantis zu befreien.

Deklet konfrontierte Stan unverhohlen: „Welche Pläne verfolgtest du, als du zur Erde aufbrechen wolltest?"

„Ich verfolge den Plan, den ich immer hatte", sagte Stan, „die Erde und Atlantis zu schützen und vor Schaden zu bewahren."

„Nun, das ging ja ziemlich in die Hose", sagte George. Stan warf ihm einen Blick zu, der Wasser hätte gefrieren lassen können, wenn er über die Gabe der Manifestation verfügt hätte. Unberührt des Blicks fuhr George fort: „Es wäre jetzt sinnvoll, wenn du uns deine Pläne mitteilen würdest. Ich bin dein Seelenbegleiter und die hier Anwesenden sind dazu da, dich und die Sache von Atlantis zu unterstützen."

Stan begann zu erzählen:

„Vor langer Zeit, als ich ein junger Lichtkrieger in den Schulen des Mars war, schickte mich Seraphis zur Auflösung meines Traumas, welches mein Dimensionssprung durch das Portal des Wassers hervorgerufen hatte, immer wieder an die marsianischen Seen, um dort meine Angst vor dem Element Wasser und der damit verbundenen Ertrinkungserfahrung zu entfliehen und zu heilen.

Ich meditierte an diesen Seen und Seraphis riet mir, dabei mein Bewusstsein auf das Sternenfeld der Plejaden auszurichten. Im Fluss zu sein mit allem, was ist, impliziert nicht die Erfahrung der Überschreitung der Grenze des Todes. Ich musste den Schrecken und die Angst vor der Weite und Tiefe des eigenen Bewusstseins überwinden lernen und so meditierte ich.

Meine Anbindung an die Plejaden muss so mächtig gewesen sein, dass der Hohe Rat der Plejaden, welcher sich „Schwesternschaft der Schilde" nennt, dieses als Kontaktaufnahme wertete. Bei mir meldete sich die Wesenheit Sirilia von Sirius. Wir hatten einen regen Austausch über plejadische Ethik. Sirilia konnte mir diese sehr gut nahe bringen, da sie, wie ich, auch nicht auf den Plejaden beheimatet war, aber sich zeit ihres Lebens mit den plejadischen Gesetzen und Ethiken auseinandersetzte.

Ich habe dir, Seraphis, nichts davon erzählt, weil du mir damals sagtest, dass es jetzt noch nicht an der Zeit sei, sich mit extramarsianischen oder extraterrestrischen Energien auseinanderzusetzen.

Durch meine Beschäftigung mit den plejadischen Dingen entstand eine tiefe Freundschaft zum Hohen Rat der Plejaden. Diesen möchte ich nun nutzen, um dem Rat von Atlantis und der Erde zu helfen. Ich strebe nicht mehr nach Alleinherrschaft, sondern möchte, dass sich Atlantis reformiert und neue Wege zum Wohle der Erde und deren Bewohner geschaffen werden.

„Und deshalb zerstörst du sie?" Wie ein Schwert durchdrang Leas Stimme Stans Vortrag. „Wegen dir, du kleiner Wicht, sind wir in dieser Situation und ist die Erde, die du ja schützen willst, in immenser Gefahr." Lea fletschte gefährlich ihre Zähne und ihr Nackenfell erhob sich. Deklet hob seine Pranke, um Lea Einhalt zu gebieten. Lea war bereits in die Kampfstellung einer Lemurianerin geschwenkt und wie eine rollende Lawine war sie kaum noch aufzuhalten. Deklet gelang es nur einen Angriff von ihr abzuwehren, indem er sich zwischen sie und Stan stellte.

„Beruhige dich, Lea", fauchte Deklet. „Es ist schon genug Disharmonie und Ungleichgewicht in der Welt, verstärke dieses nicht durch dein Verhalten." Lea keuchte und rang nach Luft, aber schließlich gewann in ihr die lemurianische Harmonie wieder überhand, ihr Nackenfell legte sich und ihre Lefzen schlossen sich wieder um ihre Zähne.

„Du hast recht, alter Drache", sagte Lea. „Ich weiß nicht, was in mich gefahren ist."

„Das ist der Schatten von Orion", sagte George. „Orionische Energie ist wie eine Infektion und bringt den Schatten

in dir als Wesen der Dualität in den Vordergrund. Das sollten wir alle begreifen."

Kapitel 49 – Luna

Die Situation auf Luna war angespannt. Zusammengepfercht wie Tiere in einem Käfig war der Hohe Rat von Atlantis mitsamt den Höflingen eingesperrt. Die räumliche Enge war zu spüren und jeder versuchte dem anderen irgendwie aus dem Weg zu gehen, um dessen persönliche Atmosphäre und Persönlichkeit nicht zu stören. Eine angespannte Rücksichtnahme erfüllte den gesamten Raum.

Die Medien hatten sich bei ihren Thronen versammelt, aber nicht darauf Platz genommen. Sie standen im Kreis oder in kleinen Gruppen beieinander und unterhielten sich. Sie wussten nicht, wie eine Lösung in dieser konfliktträchtigen Situation aussehen sollte.

Aruna winkte Judy herbei, die etwas verstohlen in einer Ecke stand. Aruna hatte von Judy erfahren, dass sie den Kontakt zu Stan aufgenommen hatte. Anfänglich war sie davon nicht begeistert, jedoch erkannte sie nun hierin eine Möglichkeit, einen Kontakt mit der Außenwelt aufnehmen zu können.

Aruna flüsterte Judy zu: „Lass uns den Kontakt nutzen um hier Hilfe von außen zu erlangen."

„Das ist schon geschehen", sagte Judy, „und Hilfe muss schon auf dem Weg sein, denn die Siran-Katze teilte mir mit, dass Deklet, Seraphis Bey und auch Georg und Stan wissen, in welch prekärer Situation wir uns befinden. Ich glaube, dass sie etwas planen. Die Siran-Katze ist im Raum aber es hat sie bis jetzt noch keiner berührt. So kann ich dir nicht genau sagen was dort geschieht und was dort in der Planung ist."

Aruna hörte sich Judys Rede an und wiegte bedenklich ihren Kopf hin und her. „Das sind sehr viele Mutmaßungen, leider nichts Konkretes. Ich hoffe nur Judy, dass du mit deinen Ahnungen recht behältst. Ich hoffe, dass sich das Blatt für uns alle zum Guten wenden wird."

Ein Donnern, ein Grollen erfüllte die Halle und ein grauer Rauch stieg aus dem Boden des Gebäudes auf. Dieser Rauch konzentrierte sich in der Mitte des Gebäudes und ehe sie sich versahen, stand ein Abgesandter des Hohen Rates von Orion mitten in der heiligen Halle. Alle blieben wie angewurzelt stehen und schauten auf die Erscheinung in der Mitte des Raumes.

Kapitel 50 – Karon

Der Bote von Orion hatte Raum genommen in der heiligen Halle des Tempels der Einheit. Er stellte sich den Anwesenden als Karon vor. Alle spürten, welche dunkle Macht und welche Düsternis von diesem Wesen ausging. Seine Haut war reptilienartig, schuppig sozusagen, und kein Haar bedeckte seinen Körper. Dort, wo andere Wesen Hände oder Pfoten hatten, hatte er Tentakel, klauenähnliche Fortsätze, die bedrohlich und wie Klingen aussahen.

Karon, ein Abgeordneter des Hohen Orionischen Rates gehörte zu der Rasse der RA. Er war sich und seiner Ausstrahlung, seiner Macht vollends bewusst, das bewies seine Körperhaltung. „Nun, da seid ihr ja, Gefangene, Sklaven von Orion! Ich bin gekommen, um euch die Möglichkeit zu überbringen, dem Hohen Rat von Orion zu dienen, und zwar in deren Gefolge. Die Medien von Atlantis werden bei uns auf Orion auf RA herzlich willkommen geheißen und wir werden euch in einer eigenen Einrichtung unterbringen, um dort eure Sternenanbindungen, eure Koordinaten, euer Sternenwissen nutzbringend für uns einzusetzen, denn wir sind auf dem Weg der Expansion. Wir sind auf dem Weg uns auszudehnen und wir brauchen neue Weiten und neue Welten, um unsere Spezies, welche die herrschende Spezies dieses Universums ist, auszuführen und auszuweiten in allen Ebenen, denn wir sind die wahren Herren und wir haben das einzig wahre Bewusstsein."

Die Menge hörte schweigend zu. Karon führte seine Rede fort, in der er erklärte, wie, nach orionischen Vorstellungen, die einzelnen Aufgabengebiete der Medien von Atlantis in einem neuen orionischen Weltreich aussehen würden. Es war für alle Anwesenden unfassbar und unglaublich zugleich. Als er mit seiner Rede fortfuhr, zogen es einige Höflinge der Throne vor in Ohnmacht zu fallen, um diesen Energien und Ausführungen nicht zuhören zu müssen.

Aruna flüsterte dem Waage-Thron zu: „Wir müssen schützen, wir müssen alle Kräfte bündeln, um zu schützen. In diesem Augenblick erzeugte das Medium des Waage-Throns ein helles Licht in sich. Und dieses Licht verband sich unsichtbar von einem Medium zum anderen. Die Höflinge erkannten dies sofort, doch Karon konnte es nicht sehen, denn er hatte keinen Zugang zu einer solch hohen Lichtschwingung. Wie ein Kreis, wie ein Ring, schloss sich diese Energie in den Medien um die Wesenheit Karon herum. Auf ein Zeichen des Waage-Throns begannen die Medien von Atlantis dieses Licht aus ihren Herzen auszustrahlen und es auf die Wesenheit Karon auszurichten. Karon begann zu schreien und zu wimmern. Er wusste nicht, wie ihm geschah, denn er merkte, wie seine Kraft aus ihm floss und wie diese Kraft, die aus ihm kam, sich wie ein Gefängnis um ihn manifestierte. Gefangen durch die eigene Kraft, gefangen durch die eigene Boshaftigkeit. Karon spürte die Kraft seines Egos.

Kapitel 51 – Seraphis

Deklet befand, es wäre nun an der Zeit, dass Stan sich nochmals einer neuen Behandlung der Rhianis unterziehen sollte, bevor er sich auf den weiten Weg zur Erde machte.

Lea hatte sich inzwischen bei Stan entschuldigt und dieser hatte die Entschuldigung angenommen. Beide umarmten sich herzlich als Stan sich mit George und Deklet auf den Weg machte die Behandlungshöhlen der Rhianis aufzusuchen.

Seraphis war nun alleine in Stans Behausung. „Ob wir uns richtig entschieden haben?", überlegte er laut. „Ich denke schon", und er versuchte sich dadurch selbst Mut zuzusprechen. Irgendwie blieb ein kleiner schaler Beigeschmack und Seraphis hoffte, dass er mit seinen Mutmaßungen nicht recht behalten würde.

Dabei strich er der Siran-Katze freundlich über den Kopf. In diesem Augenblick durchfuhr ihn ein helles Licht und er sah sich inmitten der Halle des Tempels der Einheit.

Der Kontakt zu Judy war hergestellt, telepathisch. Judy registrierte dieses im Tempel der Einheit sofort. Sie stieß noch kurz Aruna an und sagte: „Ich habe Kontakt zu Seraphis. Er hat die Katze berührt." Sofort unterwies Judy ihn: „Bleibe am Fell der Katze, solange ist der Kontakt geschlossen." Seraphis tat, wie Judy ihm geheißen hatte. Er berührte die Katze weiterhin am Kopf und somit war die telepathische Verbindung stabil und dauerhaft hergestellt. Judy berichtete ihm gerade, was in der Halle der Einheit vorfiel. Seraphis gefror schier das Blut in den Adern, als er von diesen Neuigkeiten erfuhr.

Der Rat von Atlantis hatte in einem energetischen Akt die Wesenheit Karon in seiner Gewalt und gebunden. Seraphis hofften inständig, dass sie die Energie halten konnten, denn er kannte Karon aus Erzählungen und wusste von der Gefährlichkeit der Energieblitze, die er ausstoßen konnte.

Karon zu binden war eine hohe Kunst und er hoffte, dass diese Kunst die Medien von Atlantis auf Dauer nicht überfordern würde.

Seraphis berichtete Judy kurz von ihren Plänen. Er teilte ihr mit, dass Stan und Georg auf dem Weg Richtung Erde seien. Bis zur Ankunft würde es aber noch einige Stunden dauern, da sich Stan einer neuen Behandlung unterziehen musste. Auch würde für beide noch das Lichtschiff von Malath vorbereitet werden, um sie sicher in den Orbit von Luna zu bringen.

Judy übersandte Seraphis die Koordinaten von Luna, und zwar jene Koordinaten, die fünfdimensional waren, sodass sie von den orionischen Lichtschiffen unbemerkt Luna erreichen konnten.

„Die fünfte Dimension", sagte Seraphis Bey, „ist äußerst schwierig zu durchdringen, das weist du Judy."

„Ja", antwortete sie, doch es bleibt uns kein anderer Weg.

Kapitel 52 – Die Pyramide

Drohend und wie ein riesiger Raubvogel schwebte das orionische Lichtschiff still über der Pyramide von Poseidonis. Die Orioner ahnten nicht, was sich im Inneren der Pyramide verbarg. Das gesammelte Wissen der bekannten Sternenwelten befand sich unterhalb dieser Pyramide, die einen diamantenen Oktaeder ausbildete, der bis zum Mittelpunkt der Erde zu reichen schien. Die Pyramide von Poseidonis war sozusagen die Spitze eines riesigen kristallinen Gebirges, das sich unterhalb der Erdoberfläche befand.

In diese Kristalle speicherten die Medien das Wissen und alle Energien aus den Sternen ein. Während des großen Konzils auf Luna wurden alle Beschlüsse und somit auch der Beschluss der Erschaffung der neuen Spezies „Mensch" über die Transmissionskristalle umgesetzt.

Die wissenschaftlichen Teams der Höfe versammelten sich vor der orionischen Invasion in der Pyramide von Poseidonis und begannen dort mit dem Sternenwissen der Magellanschen Wolke und der angereisten Kumaras von der Venus DNA-Sequenzen zu verbinden, deren Amino-Peptid-Bindungen zu assimilieren und zu komponieren. Sie stellten neue Arrangements von De-Ribonukleinsäuren her, die in einer späteren Zukunft als DNS bezeichnet werden. Es war eine Knäuel-DNS, die aus über einhundertvierundvierzigtausend Chromosomenverbindungen komponiert war. Dieses Werden der neuen Spezies war bereits in vollem Gange, als das erste Schiff den Orbit um Luna erreichte. Im Inneren der Pyramide war alles vor energetischen und auch kriegerischen Übergriffen geschützt, denn die Außenhaut der Pyramide bestand aus Diamant, eines der härtesten Materialien im damals bekannten Universum. Es war gut, dass die Orioner nicht ahnten, was sich im Inneren der Pyramide befand.

Kapitel 53 – Tempel der Einheit

Aruna lächelte. Sie spürte so etwas wie eine „diebische" Freude darüber, dass sie über Judys Shoumana-Kunst den Kontakt zu Seraphis, dem Aufgestiegenen Meister des weißen Lichts herstellen konnte. So flossen in Windeseile die wichtigsten Informationen hin und her und die im Tempel der Einheit Einkasernierten hatten die Gelegenheit über Aruna auch ihre Lieben über ihr Wohlergehen zu informieren. Aruna hatte nämlich telepathisch alle Medien verständigt, dass sie über Judy einen Außenkontakt hatte und dass Hilfe aus den Weiten des Alls aus Richtung Malath unterwegs sei, um die Eingeschlossenen zu befreien.

Es nahm zwar nichts von der Brisanz der Situation, jedoch wurde durch den Außenkontakt der Umstand der Gefangenschaft für alle Anwesenden gefühlt leichter erträglich. Während Nachrichten aus dem Tempel der Einheit flossen, lag Seraphis Bey rücklings auf dem Boden in Stans Zimmer und die Siran-Katze schmiegte sich mit ihrem mächtigen Körper direkt an ihn. Je dichter der Kontakt, so schien es, desto stärker die telepathische Verbindung zu Judy. Zwei Rhianis befanden sich mit in Stans Schlafzimmer, um die Botschaften und Neuigkeiten entgegenzunehmen und diese sofort an die Angehörigen oder notwendigen Stellen weiterzuleiten. Binnen weniger Stunden entstand so ein konspiratives Netzwerk des Informationsaustauschs und der Weitergabe von persönlichen Nachrichten.

George und Stan waren mittlerweile im Hangar von Malath und bereiteten das Lichtschiff vor. Stan hatte offiziell Kontakt zum Hohen Rat der Plejaden aufgenommen, von wo ihm Hilfe und Unterstützung zugesichert wurde. Sie vereinbarten einen Treffpunkt, quasi auf halbem Weg, auf einem kleinen Planeten mit Namen X2-Z32, der zum Doppelsonnensystem Sirius A und B gehörte. „Hast du die Transponderkristalle untersucht?", fragte George, der die Checkliste des Lichtschiffs durcharbeitete.

„Ja, sie sind vollkommen in Ordnung", antwortete Stan, „wir können uns in circa fünfzehn Minuten auf den Weg nach Sirius machen." Routinemäßig verrichteten die beiden Männer ihre Arbeit und die Malathiner halfen ihnen dabei so gut es ihnen möglich war. Stan wusste, dass im Tempel der Einheit Karon gefangen gehalten wurde und er wusste auch, dass nun die Zeit drängte, denn er spürte, dass die Medien von Atlantis diese Energie nicht mehr lange aufrechterhalten konnten. Er hatte in seiner Telekommunikation mit Sirilia von Sirius auf den Umstand der Gefangennahme Karons hingewiesen, welches Sirilia zum Ausspruch brachte, dass, je länger er gefangen gehalten würde, desto größer sein Zorn und seine zerstörerische Macht in ihm anwachsen würde. Sie bestätigte Stans Befürchtungen, dass jetzt größte Eile geboten war. Hätte es in Atlantis wirklich eine Zeit gegeben, wäre diese Situation fünf vor zwölf gewesen.

Kapitel 54 – Sirius

Nun war das Lichtschiff endlich startklar. Alle Checks wurden durchgeführt und Stan und Georg nahmen ihre Plätze in der Führungskanzel des Schiffes ein. Sie starteten die Aggregate und das Lichtschiff hob sirrend und gleichmäßig von Malath ab. Seraphis hatte ihnen noch einen Beutel mit Kristallen mitgegeben, welche sie bei der Befreiung der Erde benötigen würden. Denn er bat sie darum, diese Kristalle, die er mit dem Wissen von Hatton programmiert in die große Halle der Pyramide zu bringen. Diese sollten dann vom Skorpion-Thron in die Steuerungsmechanismen der kristallinen Flächen und Wälder eingebunden werden, um die einhundertvierundvierzigtausend Ebenen der kristallinen Schichten von der orionischen Beeinflussung zu befreien.

Stan dachte darüber nach, wie hochinfektiös korrumpierende Macht in einem System wirken konnte. Er selbst hatte dies ja erlebt. Diese Machtfülle und diese Verführung wirkten wie eine Sucht. Es war nahezu unmöglich, sich dem Streben nach mehr, nach weiter und noch mehr Macht und noch mehr Fülle und noch mehr Verehrung durch andere Wesen zu entziehen. Eine Spirale, aus der es kein Entrinnen gab.

Doch durch die Heilkunst der Rhianis und durch sein, man muss es so ausdrücken, zwanghaftes Verbringen nach Malath, hatte er eine Form der Heilung erfahren, welche sich jetzt im Abschluss befand. Er und sein guter Freund George waren auf dem Weg nach Luna, um dort die Eingeschlossenen zu befreien. Doch jetzt gab er erst einmal die Koordinaten des Doppelsternensystem Sirius A und Sirius B ein, um sich dort mit den Abgesandten des Hohen Rates der Plejaden zu treffen.

Nach einem dreistündigen Flug erreichten sie das Doppelsternensystem von Sirius A und Sirius B. Ein sehr schwieriges Sternensystem, gerade für Lichtschiffe, denn durch die beiden umeinanderkreisenden Sonnen gab es hier ganz spezielle Gravitationskräfte, die in ihren Turbulenzen nicht zu unterschätzen waren. Auch kreuzte von Zeit zu Zeit der Strahl eines Pulsars dieses Sonnensystems, der einem Lichtschiff im Anflug sehr gefährlich werden konnte. Also konzentrierten sich die beiden Männer sehr, als sie das Doppelsternensystem anflogen.

Doch sie lenkten das Lichtschiff routiniert durch die gravitatorischen Turbulenzen und landeten es schließlich sicher auf dem kleinen, angewiesenen Planeten, den die Koordinaten herausgefunden hatten und der Treffpunkt mit dem Hohen Rat der Plejaden sein sollte. Sie landeten, sie stiegen aus, sie sandten Grußbotschaften, doch niemand antwortete.

„Nun, haben wir uns in der Zeit verschätzt?", fragte Georg.

„Ja", sagte Stan, „wir sind ein wenig zu früh. Sie werden kommen."

Und so, als hätten sie es geahnt, empfingen sie eine Transmission von Serilia von Sirius, die ihr Erscheinen in wenigen Minuten ankündigte. Innerhalb weniger Minuten landete eine kleine Sonde neben ihnen.

Heraus stieg Serilia und sagte: „Da sind wir."

„Wir?", sagte Stan. „Du kommst in einer kleinen Sonde, wir dachten, du hättest Unterstützung mitgebracht."

„Ja, habe ich doch."

„Wo ist denn deine Unterstützung, Serilia? Wir brauchen dringend Hilfe."

„Stan, du unterschätzt meine Möglichkeiten, du unterschätzt das, was ich dir zugesagt habe. Schaue einmal in den

Transmissionskristall." Serilia hielt ihm einen Transmissionskristall direkt unter die Nase. Stan und Georg glaubten ihren Augen kaum. Um beide Sonnen Sirius A und B befand sich eine Flotte aus vielen Tausend Lichtschiffen aus den unterschiedlichsten Bereichen des Universums der Dualität. Serilia hatte verschiedenste Völker dazu gebracht, eine Allianz zu bilden, um die Erde von der orionischen Gefangenschaft zu befreien.

„Nun, wird diese Armee dazu ausreichen?", frage Serilia und setzte dabei ein verschmitztes Lächeln auf.

„Ich denke schon", sagte Stan genauso verschmitzt und beide waren froh, dass sie vor vielen, vielen Jahren diese Freundschaft geschlossen hatten.

Kapitel 55 – Karon

Karon tobte. Die energetischen Bänder, die um ihn gelegt waren, waren sehr stark. Er verstand sofort, dass diese Bänder von seiner eigenen Energie gestärkt und gehalten wurden. So langsam dämmerte es ihm, mit welcher Energietransformation ihn die Medien hier festhielten. Er war nicht gewillt sich halten zu lassen. Und so erinnerte er sich an eine alte Schulung, die er vor vielen, vielen Äonen bei seinem damaligen großen Lehrer Deklet erhalten hatte. Er wusste, dass Ruhe eine Kraft in sich birgt, die alle anderen Kräfte überlagern konnte. Und so entschloss sich Karon in eine Meditation einzutreten, in eine Beruhigung seiner aufgeschäumten Energien.

Er bündelte seine Wut, er bündelte seinen Zorn und legte alles wie in einer Kapsel in seinem Inneren ab. Er wurde ruhiger und ruhiger. Seine Atmung wurde gleichmäßiger und eine Entspannung zog sich über sein sonst mimikloses Gesicht. Die Medien von Atlantis spürten, dass sich eine Energie in ihm ändert. Er wurde ruhiger und ruhiger. Und die ihn bindenden Energien, ausgesandt von den Lichtkräften der Medien von Atlantis, wurden schwächer und schwächer. Eine leichte Unsicherheit machte sich unter den Medien breit. Diese Unsicherheit wurde von den Höflingen sofort erkannt und in Windeseile rissen sie sich ihre Kleider vom Leib, drehten daraus Stricke und legten sie um Karon um ihn zu binden. Denn sie merkten, dass ihre Medien diesen mit ihren Energien nicht mehr länger halten konnten. So wandten sie ihre selbst gedrehten Stricke um Karon. Dieser bemerkte es nicht, weil er sich in einer tiefen tranceähnlichen Meditation befand und seine Kräfte immer ruhiger, seine Gedanken immer klarer wurden und seine Energie der Zerstörungswut und des Wahns der Weltherrschaft in seiner Kapsel in seinem Inneren schlummerten. Diese Kapsel war wie hochexplosiver Sprengstoff.

Das wusste Karon und somit konnte er sich auf diese scheinbare Beruhigung auch getrost einlassen. Denn dieses war keine Meditation der Erweiterung des Bewusstseins oder zum Gedanken des All-Einen führend, sondern einfach nur Mittel zum Zweck, um seine Kraft nicht mehr dazu gebrauchen zu lassen, ihn zu binden.

Die Kräfte der Medien von Atlantis wirkten in ihm immer schwächer. Die Höflinge, die ihn gebunden hatten, teilten sich nun die Bekleidung mit denjenigen, die ihre Kleider noch am Leibe trugen, um ihre Blöße zu bedecken. Die Situation war hochbrisant.

Der Ring der Medien von Atlantis brach zusammen und Karon war frei. Karon bemerkte dieses sofort und packte die Gelegenheit beim Schopf. Mit einer kleinen Bewegung zerfetzte er die Seile, die um ihn gewunden waren und befreite sich aus dieser Bindung. Dabei ließ er seine Tentakel, die mit dolchartigem Klauen versehen waren, durch die Menge gleiten. Einige der Höflinge bezahlte diese Aktion mit ihrem Leben, denn diese Tentakel durchstießen ihre Leiber und zerstörten den Seelenkokon in ihnen, sodass sich ihre Seelen befreiten und ihre Körper leblos in sich zusammenfielen.

Ein Aufschrei ging durch die Menge und Panik machte sich breit. Die Masse strömte in eine Ecke des achteckigen Gebäudes und kauerte sich aneinander. Dabei hatten sie in ihrem Zentrum die zwölf Medien wie eine große Herde umringt, um die Medien von Atlantis mit ihren Leibern zu schützen. Karon kam auf sie zu, fletschte deutlich seine Zähnen und seine schuppige Haut glühte in einem tiefen dunklen Rot. Ein Rot des Zorns, ein Rot der Zerstörung und der blinden Wut. Karon öffnete seinen Kokon, den er während seiner Meditation gebildet hatte. Aus seinen Tentakeln schossen Blitze in die Halle, doch ohne jemanden zu treffen. „Das werdet ihr büßen", brüllte er und in diesem Augenblick transformierte er sich in Rauch und verließ die Halle. Er verließ die Halle in Richtung Erde.

Kapitel 56 – Die Pyramide

In einem lichten Schein von Elektrum pulsierte der Transponder der Pyramide von Poseidonis und in ihm ein kleiner Klumpen Fleisch, der aussah wie eine Fischlarve. Von ihm ging eine kleine Schnur hin zu einem großen künstlichen Objekt, das einer Plazenta ähnelte. „Ist es nicht wundervoll, dieses neue Wesen", sagte ein Wissenschaftler zum anderen.

Die Shoumana nickte und sagte: „Ein großes Kunstwerk haben wir dort geschaffen. Sieh nur, wie es wächst!"

In diesem kleinen Wesen schlug eine Pumpe, welche die Flüssigkeit des Körpers durch denselben führte. „Das ist ein Herz", sagte ein Wissenschaftler zum anderen. Eine geniale Erfindung und in späterer Zukunft wird dieses Herz auch Sitz der Gefühle genannt werden. Die Wissenschaftler standen um den funkelnden Transponder, der in diesem Fall als Inkubator für das neue Wesen Mensch diente. Dieses Wesen war ein Mischwesen aller DNA-Vorteile aller Sternenvölker, welche auf der Erde lebten. Sie alle standen um den Transponder, um mit ihrem Licht und ihrer Freude dieser Erschaffung, diesem neuen Wesen, alle Kraft und Energie, die sie hatten, zur Verfügung zu stellen.

Es ging nicht nur um die Freude der Erschaffung, denn sie wussten, dieses Wesen stellt leibhaftig den Frieden zwischen allen Völkern dar. Das Außen, die Bedrohung, die Okkupation der Orioner, alles das spielte im Inneren der Pyramide von Poseidonis keine Rolle, denn hier pulsierte das Leben und die Freude der Erschaffung. Das Außen, das Drumherum, wurde nicht künstlich ausgeblendet, sondern es hatte keinen Bestand in der Gegenwart der Erschaffung und des liebenden Lebens.

Das kleine Wesen Mensch wuchs sehr schnell im Licht des Transponders heran. Man erkannte schon einige Stunden später, wie es einmal aussehen würde, wie es sich bewegen würde und wie es sein würde. Mittlerweile sah man Arme, Beine, einen Kopf, ja sogar Gesichtszüge zeichneten sich auf dem kleinen Menschenwesen ab. „Wie klein er doch ist", sagte eine lemurianische Wissenschaftlerin. „Ich finde es ein wenig schade, dass es kein Fell hat."

„Hmm, es wird sich eins wachsen lassen können", sagte die Shoumana neben ihr, „wenn es die klimatischen Umstände erfordern, dann wird ihm ein Fell wachsen."

„Was ist es denn? Ein männliches oder weibliches Wesen?", fragte einer der Ottus. „Oder ist es wie wir felsig?"

„Nein", sagte die Shoumana, „es wird ein Wesen sein, weder männlich noch weiblich, denn der Hohe Rat hat sich entschlossen, beide Attribute in einem Wesen der Dualität zu erschaffen, damit der Konflikt zwischen männlicher und weiblicher Energie, der in den vergangenen Äonen auch zu kriegerischen Auseinandersetzungen geführt hat, von diesem Wesen, dem Menschen, nicht erlebt werden wird. Die Kraft der Unterscheidung, die Kraft der Unterscheidung zwischen männlich und weiblich, gut und böse oder schwarz und weiß öffnet einer orionischen Infektion der Rechthaberei und des Durchsetzungsvermögens Tür und Tor. Trägt ein Wesen aber beides in sich und ist in innerer Harmonie mit beiden Anteilen, kann dieser Konfliktstoff in seinem Wesen nicht ankern.

„Es war ein weiser Entschluss des Waage-Throns, dieses so zu installieren", sagte die Shoumana.

„Ja, aber auch der Widder-Thron trägt hier ein großes Stück dazu bei", sagte die Lemurianerin.

„Es ist gut, dass ein solch weiser Entschluss durch uns jetzt umgesetzt werden kann", sagte der Ottus und alle Wissenschaftler, die das Werden beobachteten, waren sich darüber einig, dass hier etwas Großes und Neues erschaffen worden war. Alle waren mit sich und ihrer Arbeit zufrieden, ohne dabei jedoch selbstgerecht zu werden.

Kapitel 57 – Karon

Karon war frei. Die Bindung des Lichts, die er erfahren hatte, führte ihn zu ungeahnten Kräften. Sein Hass war nicht nur gewachsen, sondern er war der Hass selbst. Sein ganzes Wesen, seine gesamte DNS war durchdrungen von der Energie der Okkupation und Zerstörung. Leider war es kein blinder Hass, sondern ein vorausschauender Hass, der die Kraft in sich barg, gezielt geplante Unterwerfung und Zerstörung hervorzurufen und somit ganze Planetensysteme unter sein Joch zu zwingen. Karon wollte nur eins: Atlantis! Er sah Atlantis wie ein Juwel, das er sich um den Hals hängen konnte. Er verstand das Werden dieser alten Kultur nicht. Er sah auch nicht den Planeten, den sie besiedelten. Für ihn war die Erde ein Haufen Erde, ein kleiner Gesteinsplanet in den Weiten des Universums, den es abzuernten galt und dessen niedere Lebensformen nicht wirklich Respekt benötigten. Karon bewegte sich nun mit großer Geschwindigkeit vom Trabanten dieses Planeten weg und war innerhalb weniger Minuten in die Atmosphäre der Erde eingetaucht. Er bewegte sich direkt auf die Hauptstadt Poseidonis zu. Diese war für ihn nicht schwer auszumachen, denn er sah im Orbit das große Lichtschiff der Orioner und darunter die winzig wirkende Pyramide von Poseidonis. Wegen seiner früheren Schulungen durch seinem Lehrer Deklet wusste er, wie die Atlanter beim Entwurf eines Sitzes des Zentralbewusstseins vorgehen würden. Dieses taten sie oft in einer pyramidalen Form. Daher wusste Karon, dass diese Pyramide für die Atlanter von zentralster Bedeutung war, und dass sie der Sitz des Wissens und die Heimat ihrer ethischen und philosophischen Weltanschauung war.

Zielstrebig bewegte er sich auf die Pyramide zu. Eine Licht-
säule aus elektrum-farbenem Licht erhob sich aus deren
Spitze. Karon wusste, dass dies der Transponder war. Ein
Lichtstrahl, ein Energiefeld, das Kontakt zu Anderswelten
über das Empfangen und Senden von Informationen und
Energien aufnehmen konnte. Er wusste, dass dieser Transponder mit den dimensionalen Foken und Pforten kommunizieren konnte, und dass dieser Transponder mit dem Zentralbewusstsein von Atlantis verbunden war. Wenn er diesen
Transponder träfe, konnte er den größten Schaden anrichten.
Das hatte er vor. So umgab er sich selbst mit einem Energiefeld,
das ihn vor dem Licht des Transponders schützte.

Kraftvoll drang Karon in das Energiefeld ein. Der Transpon-
der versuchte über einen Selbstreinigungsmechanismus die
Fremdenergie, die Karon darstellte, zu transformieren. Der
Schutz in Atlantis bestand nicht aus Abwehr, sondern aus
Assimilation. Das heißt, eine fremde Energie wurde in sich
aufgenommen und dadurch transformiert, zur eigenen
Energie gemacht. Und genau das wollte Karon. Er wollte in
das Herz der Pyramide eindringen, um das Wissen und das
Wesen von Atlantis für immer zu zerstören. Da alle Trans-
ponder zum Zentralbewusstsein liefen, wusste er: Zerstörte
er diesen Transponder zerstörte er alles. Karon baute sich im
Lichtkegel des Transponders auf und schleuderte den Blitz
seiner Zerstörung in die Spitze der Pyramide hinein um
Atlantis zu vernichten.

Kapitel 58 – Die Pyramide

Ein grelles Licht durchzuckte den Transponder und erreichte die fötale Kammer des Menschen. Wissenschaftler befanden sich im inkubatorischen Raum, sahen das grelle Licht und duckten sich. Dieses Licht hatte die Kraft vieler Sonnen und trug die Botschaft der Zerstörung in sich. Doch dann geschah etwas. Der kleine embryonale Mensch streckte seine Arme nach oben und nahm dieses Licht komplett in sich auf. Es zerstörte ihn nicht, es durchdrang ihn nicht, und so konnte dieses Licht, dieser Blitz nicht zu den kristallinen Wäldern vordringen. Das Wesen der Einheit hatte die Zerstörung von Atlantis verhindert. Was für ein machtvolles Geschöpf! Der kleine Mensch riss dabei in zwei Hälften und die Wissenschaftler erhielten beide Hälften am Leben. Das Gen der Einheit im Menschen wurde zerstört und es entstand eine männliche und weibliche Form der Spezies Mensch. Jeder Mann und jede Frau auf dieser Erde sind ein Symbol dessen, der Stärke und der Einheit. Sie tragen dieses Mal der Zerstörung in ihren Körpern und repräsentieren dennoch die Unverletzlichkeit der Einheit. Darum können Menschen lieben, weil die Liebe die größte Form der Einheit darstellt. Der kosmische Mensch hat schon längst seinen Auftrag erfüllt. Der Wesenskern von Atlantis war gerettet.

Kapitel 59 – Stan und George

Stans und Georges Lichtschiff, begleitet von der gesamten Flotte von Sirilia von Sirius, durchstieß die fünfdimensionale Pforte, um binnen weniger Sekunden den Orbit von Luna erreicht zu haben. Die Flotte begann sich, in Blickweite der orionischen Kriegsschiffe, an der Oberfläche des Mondes sichtbar zu manifestieren. Die Orioner staunten nicht schlecht, als sich, quasi aus dem Nichts, Lichtschiffe vor ihnen manifestierten. Tausende bedeckten die Oberfläche des Mondes und die Orioner sahen sehr schnell ein, dass der Einsatz ihrer Waffen zur Vernichtung der eigenen Flotte führen würde. Eilig zogen sie sich aus dem Orbit von Luna zurück. Dieses taten sie so unkoordiniert, dass sich einige der Lichtschiffe der Orioner selbst dabei zerstörten, weil sie miteinander kollidierten.

Doch Stan und George bekamen von diesem Rückzug nichts mehr mit. Sie waren direkt aus ihrem Lichtschiff gesprungen und in die Halle der Einheit gerannt. Dort erwartete sie ein Bild des Grauens. Die facetten- und ornamentreiche Karneol-Decke des Heiligtums war durch Karons Blitze massiv in Mitleidenschaft gezogen und mehrere der schweren Karneol-Platten waren zu Boden gefallen und hatten einige Höflinge und das Medium des Steinbock-Throns verletzt. Sirilia, die ihnen gefolgt war, rief sofort die Heilkundigen der Lichtschiffe zusammen, um sich in der Halle der Einheit der Verletzten und Verwundeten anzunehmen.

Aruna schritt nicht, nein sie flog förmlich Stan entgegen. „Wie gut, dass du da bist", hauchte sie im zu und Stan schlang seine Arme um ihren Körper und zog sie ganz fest an sich. In diesem Augenblick öffneten sich ihre Herzen erneut füreinander.

„Ihr seid nun frei, Hohe Herrin." Diese Worte von George hörte sie zwar, aber es interessierte sie in diesem Augenblick wenig.

Der Hohe Rat von Atlantis wurde dank der generalstabsmäßigen Planung von Sirilia auf zwölf Lichtschiffe verteilt. Die Höflinge würden die Prunkschiffe der Throne selbst nach Hause fliegen. In den Lichtschiffen wurden die Medien versorgt und sofern nötig, auch medizinisch betreut. Die Lichtschiffe blieben noch auf dem befreiten Mond, da zuvor noch die Befreiung von Atlantis erfolgen musste, bevor die Medien von Atlantis nach Hause kehren konnten.

Kapitel 60 – Deklet

Deklet war mittlerweile auf der Erde eingetroffen. Er befand sich im Vorhof der Pyramide von Poseidonis und konnte nur noch dem hellen Blitz zusehen, der in die Pyramide hineinfuhr. Wütend aktivierte er sein Drachenfeuer und spie einen petrolfarbenen Strahl in Richtung Karon. Doch Karon war schon längst nicht mehr im Transponder. Er hatte seine wesenhafte Gestalt direkt in das Kriegsschiff über der Pyramide zurückgezogen. Der Strahl verfehlte nur knapp sein Ziel, fügte aber dem Schiff im Orbit der Erde einen großen Schaden zu. Deklet sah, wie zwei kleinere Kriegsschiffe dem großen Mutterschiff zu Hilfe eilten und es mit einem Traktorstrahl aus dem Orbit der Erde herauszogen. „Na wenigstens ist die Invasion vereitelt worden", sagte Deklet.

Eine gespenstische Stille lag über Poseidonis. Deklet stand immer noch gebannt vor der Pyramide. Er schaute nach oben und sah, wie eine Flotte von Lichtschiffen unweit der Pyramide den Sinkanflug einleitete. Da sind die Medien, dachte er, sie können nun ihre Throne wieder einnehmen. Jetzt wird eine lange Phase des Aufräumens beginnen.

Unter ihm zitterte leicht die Erde. Oh, ein Beben, ungewöhnlich für Atlantis. Deklet ahnte nicht, dass dieses ein Omen war, was er unter seinen krallenbewehrten Klauen spürte.

Sein Blick wurde von etwas anderem gefangen genommen. In einem hellen, diamantenen Licht öffnete sich die Pforte der Pyramide und ein kleiner Menschenjunge und ein kleines Menschenmädchen kamen ihm Hand in Hand entgegen und blickten ihn mit zum Teil ängstlichen aber auch neugierigen Augen an. „Na, ihr kleinen Winzlinge," sagte

Deklet höflich, „habt ihr Lust mit mir ein Stückchen durch den Himmel zu fliegen?" Die beiden Kinder nickten verstohlen.

Doch das ist eine neue Geschichte ...

Zeitfracht Medien GmbH
Ferdinand-Jühlke-Straße 7
99095 Erfurt, Deutschland
produktsicherheit@kolibri360.de